4936

LES ÉTRENNES DU DOCTEUR

SUIVI DE

LA FÉE DU HAMEAU

RENÉ SOSTA

LES

ÉTRENNES DU DOCTEUR

SUIVI DE

LA FÉE DU HAMEAU

Illustrations de G. REDON

PARIS

SOCIÉTÉ FRANÇAISE D'ÉDITIONS D'ART

L.-HENRY MAY

9 ET 11, RUE SAINT-BENOÎT

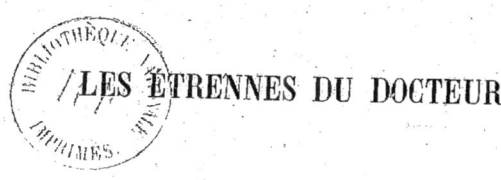

LES ÉTRENNES DU DOCTEUR

LES ÉTRENNES DU DOCTEUR

I

— Brouu!... Quel chien de temps !... Je suis gelé jusqu'à la moelle des os !... Et toi, mon pauvre Joseph, tu dois être passé à l'état de glaçon, là, sur ton siège, depuis une heure que nous roulons sur cette grande route de Pives, où le vent fait rage !... Dépêche-toi de dételer, et va te coucher bien vite... Je vais dire à ta femme de venir t'aider un peu, pour que cela se fasse plus promptement.

En parlant ainsi, le docteur Lamotte descendait de son coupé qui venait d'entrer dans le petit hôtel que l'éminent praticien habitait à Lille, rue Saint-Martin, depuis plus de vingt ans, exerçant sa double profession de chirurgien et de médecin, ainsi que cela se fait souvent en province.

Enveloppé d'un large paletot doublé de fourrure dont il avait relevé le col, sous lequel se perdait tout le bas

de son visage, il prit hâtivement dans le petit comparti-
ment réservé à cet effet, à l'intérieur de la voiture,
plusieurs journaux de médecine et autres qu'il avait lus,
pendant le trajet, à l'aide de la lanterne accrochée à l'une
des parois capitonnées ; puis, presque en courant, il gra-
vit les marches du perron, au haut duquel, pour l'éclai-
rer, se montra, une lumière à la main, sa cuisinière et
servante, Sophie, la femme de Joseph.

— Aidez votre mari, lui cria le docteur en passant
devant elle et en entrant dans la maison.

— L'aider, grommela la servante qui le suivit, eh
bien ! et vous ?... Ne faut-il pas que je vous débarrasse
de votre paletot et que je vous donne vos pantoufles ?...
Car j'espère bien que vous ne sortirez plus ce soir...

— Je l'espère aussi, ma bonne Sophie.

Et, pénétrant dans sa chambre, accompagné de la
servante, il ajouta, tout en enlevant son pardessus et sa
chaussure :

— Je vous avoue que j'en ai assez pour aujourd'hui.

Sophie et Joseph, de braves Bretons, étaient entrés au
service du docteur au moment où il s'était rendu acqué-
reur de son hôtel, et ces braves gens ne l'avaient jamais
quitté.

Aussi étaient-ils traités plus en amis qu'en domestiques.

De leur côté, ils professaient pour M. Lamotte un
véritable culte. Toute famille était effacée devant lui.
Ils n'avaient pas d'enfants, et l'affection, le dévouement
dont leurs cœurs étaient capables, ils les avaient concen-
trés sur leur maître ou plutôt sur leur bienfaiteur ; car,
depuis qu'ils étaient à son service, le médecin n'avait
cessé de les combler de ses largesses, et personne n'était
moins maître que lui dans sa maison.

Le maître absolu, le seul, le vrai, c'était Sophie, une accorte, fraîche, ronde et vive Bretonne de quarante ans, qui s'était arrangée de telle façon, par ses qualités indiscutables, sa probité, son intelligence et son savoir-faire, qu'elle gouvernait à son gré, et qu'elle avait pris sur M. Lamotte autant d'empire que sur Joseph.

Le docteur s'était peu à peu habitué à son caractère et,

se trouvant bien de ses soins, de cette joviale tyrannie exercée dans l'intérêt de tous, il s'était laissé conduire et rien ne se faisait plus sans que Sophie eût donné son avis.

Mais — car il y a toujours un mais en toutes choses — Sophie était un peu grondeuse, un peu volontaire, et si Monsieur rentrait en retard, faisait attendre le dîner ou le déjeuner, si Monsieur se fatiguait trop, à son avis, si Monsieur ne prenait pas les précautions que, suivant elle, nécessitaient ses rhumatismes ou sa bronchite contractés pendant les nuits qu'il lui arrivait souvent de passer auprès de ses malades, ah ! dame ! Sophie ne plai-

santait pas ! Elle tançait son maître de la belle façon et
lui disait son fait :

— Vous voulez donc vous faire mourir ?... Vous serez
bien avancé après !... C'est ridicule à votre âge — il n'a-
vait que quarante-six ans et était très vert, très alerte ; —
c'est stupide de passer des nuits, de courir les chemins —
comme s'il passait les nuits pour son plaisir, comme s'il
courait les chemins pour s'amuser !

Si bien que le docteur, pour éviter les boutades de
Sophie qui les retournait ensuite contre son mari et lui
reprochait ou de ne pas avoir forcé son maître de rentrer,
ou de ne l'avoir pas enveloppé dans une couverture, ou
autres choses de ce genre, si bien, disons-nous, que le docteur prenait mille précautions, afin d'épargner à Joseph
les contre-coups des gronderies de sa femme, à ce point
que s'il souffrait d'un peu de refroidissement, d'un rhume
ou de la moindre des choses, il ne l'avouait pas ; que s'il
éprouvait une contrariété quelconque, il s'efforçait d'être
plus gai que d'habitude, pour mieux la cacher. Car cette
contrariété, connue de Sophie, aurait été attribuée par
elle, soit au manque de savoir-faire ou de prévoyance
de la part de son maître, et le pauvre Joseph, qui n'y
pouvait rien, cependant, aurait été pris à partie ; c'eût
été, comme toujours, de sa faute ; il aurait, comme en
toute circonstance, commis quelque gaucherie.

Fort heureusement que maître et mari savaient à quoi
s'en tenir sur ces *bougonneries* ; ils connaissaient la bonne
intention dans laquelle elles étaient faites et restaient
convaincus que le but en était des plus louables.

Aussi en riaient-ils souvent, lorsque Sophie avait le
dos tourné.

— Allons, mon pauvre Joseph, disait le docteur, c'est
encore par ma faute que tu as été grondé ; je t'en demande

pardon ; mais tu embrasseras, tout à l'heure, Sophie sur les deux joues et ce sera fini.

— Ah ! Monsieur, je n'en prends aucun souci, répondait Joseph gaiement et en levant les épaules ; si elle ne bougonnait pas, c'est qu'elle serait malade.

Les connaissances médicales et chirurgicales de M. Lamotte étaient fort appréciées à Lille et dans tous les environs, tant par ses confrères que par sa nombreuse clientèle.

Il avait fait, depuis vingt ans, et dès son arrivée dans cette ville, des cures merveilleuses qui lui avaient valu aussitôt une confiance illimitée.

De plus, il était doux, bon, aimable, paternel avec ses malades, à quelque classe de la société qu'ils appartinssent ; car M. Lamotte se dérangeait aussi bien, à toute heure de jour et de nuit, pour le plus pauvre ouvrier dont il ne voulait recevoir aucun honoraire, que pour le plus riche négociant ou filateur qui paierait ses soins à prix d'or.

Rien chez lui de compassé, de froid, de précipité, ni de raide, comme chez beaucoup de médecins en réputation.

Pas de pose, pas de mise en scène, pas de vantardise, mais une simplicité bon enfant qui attirait la sympathie à première vue, mettait le malade à l'aise, quoiqu'il eût pour le médecin, pour le sauveur, une profonde admiration, un immense respect.

Car tout le monde, dans la ville et dans les faubourgs, savait le degré de science qu'avait atteint M. Lamotte.

Lorsqu'il était arrivé dans le pays, son pays natal d'ailleurs, son père et sa mère n'avaient pas manqué d'exalter ses hautes qualités et son talent incomparable.

Dans les cercles mondains que fréquentait M. Lamotte père, avocat distingué, aussi bien que dans les réunions où se rendait sa femme, il avait été depuis bien longtemps question du jeune Georges, alors encore étudiant à Paris.

On racontait ses promotions, ses succès aux examens, et lorsqu'il fut reçu docteur par une acclamation peu ordinaire, puis chirurgien, avec le même éclat, on s'attendait à apprendre qu'il exercerait à Paris, ce centre des personnalités de génie de tous les genres.

Le jeune docteur n'avait pas à craindre la concurrence de ses grands confrères, il était de force à supporter la comparaison et la lutte.

Aussi ce fut un véritable étonnement quand Georges Lamotte annonça à ses parents qu'il comptait venir s'établir à Lille.

A son avis, Paris était le tombeau de la science médicale, une fois qu'on l'exerçait.

Il pensait qu'il était impossible à tous les médecins, dès que la clientèle était venue, de pousser plus loin l'étude et les recherches : la cohue, la hâte, les courses lointaines et sans répit, le manque de temps, la nécessité de se produire dans le monde, la fatigue, le surmenage étant autant d'obstacles à la méditation.

Il ne restait pour accroître les connaissances, que la pratique et l'expérience ; cela, on pouvait l'acquérir en province, aussi bien qu'à Paris.

Voilà pourquoi le docteur s'installa rue Saint-Martin, dans ce petit hôtel où nous venons de le voir entrer avec son coupé.

II

Une fois mis en possession de ses pantoufles et de sa robe de chambre, le docteur, s'adressant à Sophie :

— Maintenant, allez aider votre mari, dit-il, et puis, revenez vite à vos fourneaux ; car vous n'avez pas oublié, je suppose, que nous sommes aujourd'hui à la Saint-Sylvestre, la veille du jour de l'an, et que, depuis la mort de mon père et de ma mère, j'invite à souper, ce jour-là, chaque année, mes vieux camarades Roland, Hubert, et de Cerny.

— Ah ! ça, Monsieur, est-ce que vous me prenez pour une autre ?... Est-ce que j'ai l'habitude d'oublier ce que j'ai à faire ? s'écria la servante, froissée.

— Ne vous fâchez pas, ma bonne Sophie ; je sais que vous êtes un modèle d'exactitude... je vous ai dit cela en façon de causer... Allons... je me sauve... je vais me chauffer...

Et, joignant l'action à la parole, il se sauva, en effet, pour échapper à de nouvelles rodomontades de Mme Sophie qui rentra à la cuisine en grommelant.

Joseph venait d'y arriver à l'instant, et, comme à l'ordinaire, ce fut lui qui reçut la fin de la *bourrade* dont le docteur s'était affranchi en disparaissant.

— C'est toi, sans doute, dit-elle, qui as mis dans la tête de Monsieur que j'avais oublié son souper de la Saint-Sylvestre ?

— Moi !... A quel propos me dis-tu ça, Sophie ?

Mais, comme elle savait bien qu'elle accusait faussement Joseph et comme, en somme, elle aimait son mari de tout son cœur, elle n'en dit pas plus long et se mit à ses fourneaux.

— Allons, assieds-toi là, fit-elle à Joseph en lui tapant amicalement dans le dos, après avoir posé une chaise à côté du feu... Tu vas éplucher mes légumes, et plumer mes perdreaux.

Et Joseph s'assit, attacha devant lui le tablier que lui passa sa femme, lui prit des mains les perdreaux et les légumes qu'elle lui tendait, les posa à côté de lui, pour se servir de chacun à son tour, et se mit à la besogne avec l'obéissance d'un enfant docile.

Le docteur était entré dans son cabinet, s'était laissé tomber lourdement sur le fauteuil de cuir placé devant la table qui tenait le milieu de la pièce et sur laquelle étaient placés des livres de médecine de toutes les dimensions, deux ou trois trousses, plusieurs instruments de chirurgie, des fioles et quelques menus objets.

Il prit l'un des livres placés à portée de sa main, l'ouvrit, chercha la page qu'il voulait consulter, appuya sa main gauche sur son front et lut à voix basse.

Quelques minutes se passèrent ; il quitta cette position et se laissa glisser en arrière, au fond de son fauteuil, dans une attitude méditative.

— J'étais bien sûr que je ne me trompais pas... la guérison du pauvre diable est certaine, dit-il.

Il sortait de chez un malade auprès duquel il avait été appelé en consultation, et où, après une assez longue consultation avec le médecin ordinaire, il avait renversé toute la médication suivie jusqu'alors, avec la certitude que cette médication était mauvaise, et que le malade était atteint d'une autre maladie que celle que l'on supposait.

C'était pour mieux s'en assurer que le docteur Lamotte venait de consulter le livre traitant spécialement de ce qui le préoccupait.

Bien dûment tranquillisé maintenant, il abandonna la médecine pour laisser aller sa pensée ailleurs et aviser à la réception des amis qui allaient venir passer avec lui la dernière soirée de l'année.

Il sonna Sophie.

Ce fut Joseph qui se présenta à sa place, excusant sa femme de ce qu'elle ne se rendait pas à l'appel.

Elle était à ses fourneaux et ne pouvait les quitter.

— Qu'est-ce qu'elle nous fait donc de si merveilleux ? demanda le docteur.

— Je ne puis vous le dire, Monsieur ; je sais seulement que j'ai plumé des perdreaux et épluché des truffes.

— Ah ! ah ! Elle s'est souvenue que mon ami de Cerny adore ce plat-là !... En a-t-elle fait autant pour messieurs Roland et Hubert?...

— Je l'ignore, Monsieur, je ne connais pas les goûts de vos amis ; ce que je puis dire, c'est qu'outre les deux perdreaux, Sophie a préparé un plat de soles aux huîtres et aux crevettes...

— Fort bien !... Le plat de Roland ! murmura le docteur.

— Et qu'elle a fait une crème aux ananas...

— Ceci, c'est pour Hubert... Et, pour moi, qu'est-ce qu'elle a fait? ajouta M. Lamotte.

— Voilà tout ce que je sais ; fit Joseph.

— Pour moi, elle servira probablement deux de ces bonnes bouteilles du Château-Yquem qui vient de mon père et que je ne laisse mettre sur la table qu'aux grandes occasions... Si elle n'y a pas pensé, Joseph, il faudra le lui rappeler.

Joseph se retira et le docteur reprit son attitude réfléchie au fond de son fauteuil.

— Voilà ce que c'est, pensa-t-il, d'être vieux garçon ; l'on est forcé de se laisser mettre sous tutelle par ses domestiques et de vouloir ce qu'ils veulent... Heureusement que Joseph et Sophie ne font pas trop mal leur service... J'aurais pu avoir moins bien, et, à l'exception du caractère autoritaire de ma cuisinière dont j'ai, j'en conviens, presque peur, je suis assez convenablement partagé. Ah ! cette Sophie, avec ses bouderies, ses violences, ses querelles, quels soucis elle me donne pour éviter les mauvaises humeurs dont le pauvre Joseph est, autant que moi, victime!... Si je m'étais marié, il n'en eût pas été ainsi... J'aurais, à cette heure, autour de moi une compagne douce, aimable, prévenante, des enfants rieurs et charmants qui viendraient m'embrasser, me caresser, qui m'aimeraient, enfin, sans faire peser sur moi leur autorité, sans que j'eusse à craindre, comme avec Sophie,, d'*être planté là* et de me voir, alors, obligé de faire mon ménage moi-même, jusqu'à ce qu'une autre la remplacerait qui serait peut-être plus mauvaise encore!... J'aurais un intérieur gai, vivant; je serais libre d'inviter plus souvent des amis, sans m'inquiéter s'il plaît à ma cuisinière de préparer tels mets, ou d'acheter tels objets!... Décidément, j'ai fait une sottise... Et maintenant que je vais atteindre la cinquantaine, il est trop tard; non seulement je suis condamné à perpétuité aux caprices et aux boutades de Sophie, mais, ce qui est plus grave, c'est qu'après moi, toute ma fortune, tant celle que m'ont laissée mes parents que celle que j'ai acquise au prix de ma santé altérée par mes nuits de veilles et de fatigues, au prix de ma vie menacée par la contagion, tout cela va passer à des indifférents qui se réjouiront de ma mort!... Et à quels indifférents encore!... Je n'ai aucun parent, même à un degré éloigné... Ce qu'il me reste à faire de mieux, c'est de tout léguer à des œuvres charitables...

Il s'arrêta.

— Où diable vais-je? s'écria-t-il après quelques minutes. Elles sont singulièrement gaies, mes pensées, ce soir!... Me voici bien en train de recevoir les joyeux vivants que j'attends!... Allons, allons, je ne suis pas encore à la porte de la mort!... Le moment n'est pas venu de faire mon testament... Qui sait s'il ne me viendra pas de quelque part un héritier inattendu?... Un petit cousin

que je ne connais pas peut arriver d'un autre monde,
cherchant fortune, ou qui, s'étant ruiné, se préoccupera
de savoir s'il n'a pas en Amérique, en Russie, en France
ou en Cochinchine un parent à héritage !...

La sonnette du vestibule retentit et mit fin à son mo-
nologue.

— Voici Hubert, sans doute, fit-il en se levant, il est
toujours le premier !

Ce n'était pas Hubert, mais de Cerny, le plus gai, le
plus rieur de ses trois invités.

— Ah ! c'est toi, fit le docteur en allant à lui... Habituellement, c'est Hubert qui arrive le premier ; mais j'aime
mieux cela... tu vas me tirer de ma rêverie de cro-
quemort... Encore un peu, je m'envoyais dans l'autre
monde.

— Comment cela ? fit de Cerny.

Et le docteur, après l'avoir fait asseoir au coin du feu,
lui narra ses réflexions de la minute précédente.

— Toi, au moins, resté célibataire comme moi, mon
cher de Cerny, ajouta-t-il en finissant, tu as une famille :
ta sœur, demeurée veuve avec quatre enfants et qui n'est
pas dans l'aisance... mais moi...

— Oh ! tu trouveras toujours bien moyen de placer ta
fortune, les occasions de donner ne manquent jamais !
répondit M. de Cerny.

— Sans doute, mais je ne jouirai pas du plaisir de la
voir être utile ou agréable... tandis que si j'avais à cette
heure, autour de moi, une fillette de quinze ans et un
garçonnet de douze...

— Et cinq ou six autres à la suite, interrompit M. de
Cerny en plaisantant, tu aurais, à cette heure, comme tu
dis, dépensé un millier de francs en étrennes que tu dis-
tribuerais, comme moi je vais le faire, demain matin...

et de ton côté tu recevrais une paire de pantoufles bro-
dées, une calotte, une blague à tabac, etc...

— Tu te moques de moi...

— Mais non... je t'assure... C'est amusant de voir ce
petit monde vous apporter le produit de son travail et
vous montrer l'usage de ses économies, en vous embrassant à *cœur que veux-tu,* avec ces jolies petites lèvres
roses qui rient toujours et qui vous disent de ces douces
paroles, si tendrement naïves qu'elles mettent de la joie
au cœur et à l'âme, et aux yeux des larmes de bonheur...

Un second coup de sonnette violent et précipité, cette
fois, arrêta net la conversation.

— C'est Hubert, je reconnais sa façon de s'annoncer ;
il semble toujours que sa sonnerie crie : au feu.

Un silence se fit pendant quelques secondes.

La voix de Joseph s'élevait dans le vestibule, ripostant
à une autre voix que ni le docteur, ni M. de Cerny ne
reconnurent pour celle d'Hubert.

— Ce n'est pas Hubert ! fit M. de Cerny.

— Ce n'est pas Roland non plus... On vient, sans
doute, me demander auprès d'un malade...

— Si la chose est peu grave, n'y va pas... tu iras demain matin...

— Est-ce qu'on sait jamais si c'est grave?... Quand ça
ne l'est pas sur l'heure, ça peut le devenir, faute de soins
immédiats... Je ne puis pas faire cela... Est-ce que, quand
tu étais sur le champ de bataille de Magenta, tu aurais
négligé d'aller en avant, parce qu'au commencement le
combat était sans gravité?...

— Ce n'est pas la même chose... je devais obéir à mon
général... mais toi, tu n'obéis à personne...

— J'obéis à mon devoir qui me commande de secourir
ceux qui souffrent et de leur donner mes soins dès qu'ils

m'appellent, et même sans qu'ils m'appellent, quand je sais que ma science peut leur être nécessaire.

Joseph venait d'entrer.

— C'est un homme de Wazemmes, dit-il, qui vient demander monsieur le Docteur en toute hâte, pour la veuve Mallez ; il croit qu'elle va rendre le dernier soupir.

— Fais entrer cet homme.

Joseph exécuta l'ordre.

— Vous avez vu la veuve Mallez ? demanda le docteur au commissionnaire.

— Oui, Monsieur, elle allait un peu mieux ce tantôt ; elle a voulu manger, la pauvre femme, elle a cherché à prendre des forces pour se soutenir... Pensez donc, Monsieur, si elle meurt, qu'est-ce que deviendra son petit garçon?... Il n'y a pas d'argent dans la maison... Enfin, elle a voulu manger, et, dix minutes après, elle est devenue toute rouge, et puis toute pâle, et elle a tourné les yeux sans plus pouvoir parler.

— Une congestion, murmura le docteur, je lui avais défendu de prendre aucun aliment... C'est bien... j'y vais...

L'homme sortit.

— Faut-il atteler, monsieur ? demanda Joseph.

— Non, reste, ces messieurs souperont sans moi ;... tu dois aider Sophie... selle mon cheval...

— Seller ton cheval ! fit une voix, de la porte.

— Ah ! c'est toi, Roland ?

— Oui !... Tu sors ?...

— On me demande auprès d'une malade qui se meurt... Oh ! si c'est réellement une congestion, comme je le suppose, dans l'état où je l'ai quittée ce matin, ce ne sera pas long... Pauvre femme... à trente ans... c'est triste... et laisser un enfant de trois ans, sans ressource... sans pain !... Dès que Hubert sera arrivé, mettez-vous à table...

je serai de retour peut-être dans une heure... il se peut
même que ce soit avant, car je prévois qu'elle sera morte
quand j'arriverai...

Sophie fit irruption dans la salle et se posa devant la
porte qu'elle ferma derrière elle, comme si elle voulait empêcher quelqu'un d'en franchir le seuil.

— Joseph me dit que vous sortez, Monsieur ; eh bien !
et mon souper ? fit-elle avec un air de colère.

— Soyez tranquille, Sophie, votre souper sera mangé,
répondit M. Lamotte, et je puis vous assurer d'avance
qu'il sera trouvé bon... ces messieurs sont au moins aussi
fins gourmets que moi, et ils sauront apprécier votre in-
contestable talent de cordon bleu consommé.

Il flattait la cuisinière pour adoucir sa mauvaise humeur.

— Alors, ils vont se mettre à table sans vous... Comme
c'est agréable ! grommela-t-elle.

— Oui, ma bonne Sophie, dès que mon ami Hubert
sera arrivé, vous pourrez servir, si vous êtes prête.

— Prête... prête... ils pourraient bien attendre un
peu, recommença-t-elle, sans se préoccuper de l'impoli-
tesse qu'elle commettait envers les invités de son maître,
en parlant d'eux d'une façon si peu révérencieuse. Prête...
prête... je le serai quand je voudrai... ajouta-t-elle en se
retirant brusquement et en tirant la porte sur elle avec
violence.

Le docteur haussa les épaules et, s'adressant à de Cerny,
le rire aux lèvres :

— Il faut se supporter les uns les autres... n'est-ce
pas un précepte de l'Évangile ? dit-il.

— Pas que je sache, au moins dans ce sens-là, répondit
le convive de M. Lamotte, tu es trop bon...

— Que veux-tu ?... On ne peut pas toujours se *gendar-*

mer... Si je voulais imposer mon autorité à Sophie, je n'aurais pas d'autre occupation pendant les courts instants que je suis chez moi... j'aime mieux faire un peu la sourde oreille... elle ne dépasse pas les bornes...

— Tu appelles cette façon de te répondre ne pas dépasser les bornes ?... fichtre !...

— Nous remettrons la discussion à mon retour... C'est entendu, dès que Hubert sera ici, demandez que l'on vous serve...

Et le docteur s'étant fait apporter son paletot, un bonnet de loutre, un chaud cache-nez, ses bottes et ses éperons, quitta la chambre en criant à de Cerny :

— A tout à l'heure !

Il trouva son cheval devant le perron et tenu en main par Joseph ; puis, étant monté alertement en selle, il s'enveloppa dans un manteau que lui tendait son domestique et partit au galop.

Vingt minutes après, il s'arrêtait dans une rue sombre de Wazemmes, devant une maison de très humble apparence dont les murs de façade étaient effrités et lézardés, dont les fenêtres étaient dépourvues de volets, qui semblait pour ainsi dire s'affaisser dans le sol et où ne brillait aucune lumière, quoiqu'il fît nuit noire.

La porte de cette maison élevée seulement d'un étage, était largement ouverte à tout venant.

On n'y craignait donc ni voleurs, ni assassins.

Les uns n'auraient trouvé rien à prendre et les seconds n'eussent eu à tuer que la pauvre femme chez laquelle se rendait le docteur, puisqu'elle était l'unique locataire de cette habitation que tout le monde, à l'exception de la veuve Mallez, avait abandonnée à cause du mauvais état dans lequel elle se trouvait et de son insalubrité.

M. Lamotte descendit de sa monture et, connaissant

sans doute les êtres, il entra dans la maison, traversa un couloir au rez-de-chaussée, monta le premier étage d'un escalier presque vermoulu, et ouvrit, sans y frapper, une petite porte basse.

Il se trouva alors dans une chambre située sur une cour et qu'éclairait la lumière terne d'une bougie placée sur un petit meuble, près d'un lit où était couchée une femme qui semblait avoir une trentaine d'années et qu'entouraient deux ou trois de ses amies, sans doute, car elles semblaient être venues là en voisines, et à la hâte, à en juger par leurs toilettes à demi achevées.

Les meubles de cette chambre, sans être luxueux, annonçaient cependant que leur propriétaire avait dû précédemment avoir eu une position sinon aisée, du moins assez à l'abri de la misère pour permettre la dépense que leur achat avait nécessitée ; aussi étaient-ils peu en harmonie avec cette maison délabrée dont ils ornaient la chambre.

La malade dut paraître au docteur dans un état désespéré, car, dès qu'il se fut approché d'elle, il hocha la tête et demanda aux personnes qui se trouvaient là :

— Etes-vous ses parentes ?

— Non, Monsieur, répondit l'une d'elles, elle n'a pas de parents.

— Aucun ?... Vous en êtes sûres ?

— Aucun, oui, Monsieur, elle nous l'a dit tout à l'heure, en nous parlant de son enfant...

— Eh bien, alors, qui prendra soin de cet enfant ? car la veuve Mallez est entrée en agonie ; elle n'a plus que quelques minutes à vivre, reprit le docteur.

Il désignait du doigt un petit garçon de quatre à cinq ans, accroupi dans un coin, et qui, par intervalles, se mettait à crier et à sangloter.

— Ma foi, je n'en sais rien, fit l'une des trois femmes ; ce ne peut être moi, j'ai déjà quatre enfants et mon homme gagne fort péniblement de très petites journées.

— Ni moi non plus, dit une seconde ; je suis veuve avec deux filles, et j'ai bien assez de mal.

— Et moi encore moins, ajouta la troisième ; avec mes cinq mioches, je ne sais pas où donner de la tête, et Léopold bougonne déjà de voir tout ça autour de lui.

— Parmi les connaissances de Mme Mallez, il doit y avoir peut-être quelqu'un de plus aisé... Elle n'a pas toujours été dans la misère ? demanda le docteur.

— Ah ! nous ne lui connaissons personne, fit la première des femmes qui venaient de parler ; Mme Mallez était un peu cachotière ; elle ne parlait pas beaucoup ; et même, si nous sommes ici, c'est par hasard... Nous avons su qu'elle était malade parce que nous avons vu sortir de la maison monsieur le docteur ; alors, mon mari est venu voir, par curiosité ; puisqu'elle est seule ici, elle pouvait avoir besoin de quelque chose... Tenez, le voilà justement, mon mari... il pourra vous le dire lui-même.

— Cela ne m'importe pas, reprit le docteur ; ce qui est urgent pour le moment, c'est d'assurer un gîte et la nourriture à cet enfant, car, voyez, la mère vient de rendre son dernier soupir.

Pendant que la femme avait parlé, M. Lamotte n'avait pas quitté des yeux la malade qui était inerte et râlait. Il lui tenait la main, et avait suivi les pulsations du pouls ; puis, au moment où entrait l'homme que la voisine avait nommé son mari, le docteur avait quitté cette main. Le pouls venait de s'arrêter.

— Elle est morte ? demanda l'homme au médecin.

— Oui.

— Maman !... Maman !... appela l'enfant en courant

vers le lit, car il avait compris les paroles de M. Lamotte.

— Pauvre petit, dit l'ouvrier, qu'est-ce qu'il va devenir ?

L'enfant faisait des efforts pour escalader le lit où gisait sa mère, et, sanglotant, implorait des yeux le docteur, comme s'il attendait de lui le moyen d'effectuer son désir.

— Pauvre petit ! fit à son tour M. Lamotte.

— Faudra l'envoyer aux Enfants-Assistés, ou à un orphelinat, ajouta l'une des femmes.

— C'est dommage, il est si gentil... il a une figure intelligente, reprit la femme de l'ouvrier ; si encore il possédait quelque chose. Dis, Léopold, le mobilier lui appartient... et en le vendant...

— Ta, ta, ta, je ne veux pas m'embarrasser de ça !... Le mobilier... la belle affaire !... quand il sera vendu et mangé... après ?... C'est pas avec ça qu'on l'élèvera jusqu'à ce qu'il puisse travailler et nous rapporter... Allons-nous-en... nous n'avons plus rien à faire ici... la veuve Mallez est morte... l'Assistance publique est là pour l'enterrer et pour recueillir le petit... c'est pas notre affaire !...

— C'est vrai, après tout, fit en marque d'approbation l'une des deux autres femmes qui se mit en devoir de suivre l'ouvrier.

— Eh bien ! s'écria le docteur, comme s'il cédait tout à coup à une pensée qui l'occupait depuis quelques instants, puisque personne n'en veut, de cet orphelin, je l'emporte, il sera à moi !

— Vous, monsieur le docteur ! firent, en même temps, les quatre témoins ébahis.

— Eh bien, oui, moi !... Et comme le pauvre petit doit avoir faim et froid, je me hâte.... Que l'un de vous aille donc à la mairie pour faire constater la mort de la veuve

Mallez par le médecin de l'état civil... je me charge du reste...

Et, prenant dans ses bras l'enfant qui se laissa faire, en appelant néanmoins sa mère, M. Lamotte quitta la maison et remonta à cheval, après avoir enroulé le pauvre orphelin dans son manteau.

Cette fois, il mit sa monture au trot, afin de ne pas effrayer le petit, et ne pas le secouer trop fortement.

Ce mouvement et la chaleur communiquée par la fourrure du vêtement de M. Lamotte, provoquèrent le sommeil chez l'enfant, qui s'endormit profondément.

Chemin faisant le médecin se préoccupa d'abord de ce que dirait Sophie en le voyant arriver avec ce marmot ; puis, rejetant cette pensée qu'il jugea bientôt futile en cette circonstance, il s'applaudit de son action humanitaire et charitable et finit par sourire à cette idée : qu'une heure auparavant, il était embarrassé de sa fortune après lui et que, tout à coup, il se trouvait à la tête d'un héritier, de l'héritier inattendu dont il parlait en rêvant, avant de sortir... Il avait donc surgi, cet héritier, comme il l'avait pressenti, et cela sous la forme de ce pauvre enfant... et il pouvait l'adopter à son aise, sans qu'aucun parent le réclamât un jour, puisqu'il était certain que l'orphelin n'avait pas de famille...

Il oublia la Saint-Sylvestre, son souper, ses amis, et s'ingénia à faire mille dispositions, tant pour l'heure présente que pour l'avenir... Il prendrait une seconde servante, dès le lendemain même, et qui s'occuperait exclusivement de l'enfant, car Sophie, bien certainement, refuserait de lui donner ses soins.

Puis, lorsque le petit serait en âge d'apprendre à lire, à écrire, c'est-à-dire dans deux ou trois ans, ce serait lui-même qui s'occuperait de son instruction, le soir.

Chemin faisant, le médecin se préoccupa... (page 26).

Il dirigerait cette instruction vers la médecine, il aurait ainsi un successeur... et puisqu'il n'avait pas su se donner le bonheur d'avoir des enfants à lui, son fils adoptif, qui aurait la sagesse de prendre femme, lui apporterait la joie d'être choyé, caressé, dorloté, embrassé par une demi-douzaine de petits garçons et de petites filles qui, quoique n'étant pas à lui par le sang, le seraient par l'affection...

Oh ! que de félicités il se promettait !... Quel riant avenir lui était désormais réservé par ce petit être qu'il tenait, là, dans son manteau..., qui était grand comme rien... qui prenait si peu de place en ce moment sur ses bras et qui allait en prendre une si large dans sa vie... Au diable Sophie et ses mauvaises humeurs !... Il saurait bien la mettre à la raison et, au besoin, si elle se laissait aller à trop de boutades, eh bien, il la renverrait... Sans doute, c'était une bonne domestique, mais enfin, pourquoi n'en trouverait-il pas une autre qui, si elle n'avait pas les mêmes qualités que la femme de Joseph, du moins n'aurait pas ses défauts ?... Car, il le reconnaissait, c'était vraiment trop bête de subir tous les caprices, toutes les mauvaises humeurs d'une servante, de ne pas oser lui faire une observation, d'être, pour ainsi parler, son esclave... Non... Non... Il ne voulait plus de cela !... Si Sophie semble être hostile à l'arrivée, à l'installation du petit Jean dans la maison, si elle fait le *diable à quatre*, si elle boude, tant pis pour elle, il sévira...

Tout en se parlant ainsi, tout en se livrant à ces réflexions, à ces projets, à ces déterminations, il faisait du chemin et arriva, sans trop s'en être rendu compte, à la porte de Lille, où il dut se faire reconnaître par le portier-consigne, pour qu'elle fût ouverte, car dix heures avaient sonné.

De là à son habitation, il y avait à peine cinq minutes

et, cependant, pendant le trajet, il eut le temps, malgré toutes ses bonnes dispositions pour réprimer le mauvais caractère de Sophie, de sentir comme une crainte, comme une appréhension lui revenir.

Le cheval s'arrêta devant la porte, et Joseph, qui avait reconnu son pas, se présenta avant que son maître eût mis pied à terre.

Le domestique prit les rênes de l'animal d'une main et tendit l'autre pour débarrasser le docteur de son manteau.

— Non, laissez, Joseph, dit celui-ci, j'ai quelque chose dedans.

Il descendit de sa monture avec toutes les précautions qu'il aurait prises s'il avait porté un objet précieux, susceptible de se briser.

Il désirait ne pas éveiller l'enfant pour le moment, afin de ne pas causer à Sophie une surprise trop subite, et d'avoir le temps de la préparer à la venue de ce nouvel hôte.

Il entra dans l'habitation en assourdissant sa marche, pour n'être pas entendu de ses amis qui seraient venus à sa rencontre, et de Sophie qui, quoique prévenue par Joseph de son arrivée, pouvait le supposer occupé encore avec le domestique à donner quelques soins à son cheval.

Alors, au lieu de se rendre directement dans la salle à manger, il monta, toujours à pas de loup, l'escalier qui conduisait au premier étage, pénétra sans bruit dans sa chambre à coucher et déposa doucement, doucement son fardeau sur le lit.

Puis, afin de s'assurer que l'enfant dormait encore, il entr'ouvrit la couverture et, à la lueur de la lampe de nuit, allumée chaque soir par Joseph, il examina le petit qui était plongé dans le plus profond sommeil.

Cela fait, il descendit à la cuisine où il trouva Sophie.

— Je suis rentré, dit-il ; est-ce que ces Messieurs sont à table ?

— Ils viennent de s'y mettre... Ah ! ils vont faire un fameux souper de Saint-Sylvestre !.. Tout est à moitié graillonné, fit-elle de fort mauvaise humeur, sans même se retourner vers son maître ; et il a encore fallu, avant de vous dépêcher d'aller vous mettre à table, que vous passiez dix minutes là-haut... comme si vous ne pouviez pas m'appeler pour aller vous chercher votre veston de maison...

En disant ces dernières paroles, elle détourna les yeux de ses casseroles et les porta sur M. Lamotte qui avait oublié, dans sa préoccupation, de retirer son paletot et de changer de vêtements.

— Ah ! mais non ! vous n'avez pas mis votre veston ! reprit la servante qui remarqua cela et en parut fort étonnée. Je vous ai pourtant bien entendu monter ! ajouta-t-elle.

Le docteur s'éloignait déjà et avait passé le seuil de la porte. Il entra dans la salle à manger, où ses trois hôtes, causant assez haut, n'avaient rien entendu.

— Tiens !... te voici !... firent-ils simultanément. Tu vois, nous t'avons obéi ; mais nous avons surtout obéi à ta cuisinière qui était furieuse de ce que ses perdreaux se desséchaient, disait-elle, sur le feu.

— Vous avez bien fait... Je vous aurai vite rattrapés... ; d'ailleurs, je vois que vous êtes seulement au premier plat... et, comme je n'y tiens guère, n'aimant pas à l'adoration le poisson, je passerai avec vous de la pêche à la chasse... une aile de perdreau me plaira davantage.

Il s'assit à la table, attendant l'entrée de Joseph qui, une fois le cheval mis à l'écurie, allait venir reprendre son service de valet de chambre.

Il ne se fit pas attendre. Une seconde après que M. Lamotte fut à sa place, le domestique entra.

— Dis à Sophie qu'elle peut continuer à servir, je ne mangerai pas de sole ; lui recommanda le docteur.

— Sophie n'est pas à la cuisine, Monsieur, répondit celui-ci ; comme j'y entrais, elle en sortait pour monter dans votre chambre.

— Pour quoi faire ? demanda le médecin, un peu troublé. La mâtine, elle s'est aperçue de quelque chose !

— Je ne sais rien, Monsieur.

— Nous allons voir un coup de théâtre, mes amis ; vous prendrez ma défense ? dit M. Lamotte.

— Qu'est-ce que tu veux dire ? demanda M. Hubert.

— Je me suis donné à moi-même mes étrennes, se contenta de riposter le docteur, puisque, comme je le disais tantôt à de Cerny, personne ne m'en donnerait... Toi, Joseph, il faudra tâcher de maintenir ta femme ; la surprise que je lui fais va produire chez elle une telle excitation nerveuse qu'elle serait capable de me battre, ajouta-t-il d'un ton moitié badin et moitié sérieux.

Comme il finissait de parler, la porte s'ouvrit et Sophie apparut, tenant dans ses bras le petit Jean qui ouvrait des yeux ébahis, regardant devant lui et tout autour de la chambre, les personnes qui se trouvaient là.

Le docteur tenait ses regards sur son assiette où cependant il n'y avait rien ; et il n'osait les lever sur la servante... Il attendait l'orage.

Les invités, qui remarquaient cette attitude de leur hôte, l'examinaient et semblaient lui demander une explication.

Un silence se fit.

Voyant que cette explication ne venait pas, ils regardèrent Sophie qui riait d'un bon gros sourire radieux.

Joseph, de son côté, adressait, des yeux, des questions à tout le monde.

Pour brusquer la situation, M. de Cerny prit la parole :

— Comme vous voilà joyeuse, Sophie ! dit-il ; on ne vous voit pas souvent un visage aussi épanoui, un air aussi riant ; vous étiez pourtant bien maussade, il y a un quart d'heure, et vous voici tout à coup rayonnante !...

Que vous arrive-t-il donc ?.. Est-ce ce joli enfant tout barbouillé que vous tenez là qui cause votre joie ?... L'enfant d'un frère ou d'une sœur, sans doute ?...

— Sophie rayonnante !... Est-ce possible ?... fit le docteur en relevant la tête et en examinant la domestique.

— Ça, répondit Sophie gaiement à M. de Cerny, après avoir lu sur la physionomie de son maître ce qui avait dû se passer ; ça, répéta-t-elle, ce *moucheron* mal lavé et tout ébouriffé... savez-vous ce que c'est ?... Je parie tout ce qu'on veut que c'est le petit de la veuve Mallez !... Elle est morte, bien sûr !... Et Monsieur m'apporte le mioche pour que je le débarbouille et que je l'élève comme son fils !.. C'est-y la vérité... hein... Monsieur ?... Eh bien, on le débarbouillera, on le soignera... et on l'élèvera pour en faire un docteur digne de son père adoptif...

Elle termina sa phrase par un bon gros rire et un flux de baisers sur les joues du petit Jean.

— Ma bonne Sophie !... ma brave fille !... Vous avez donc deviné ? dit M. Lamotte avec une véritable émotion.

— Tiens !... comme c'est difficile à deviner, quand on sait de quoi vous êtes capable !... Et toi, Joseph, tu avais deviné aussi, n'est-ce pas ?...

— Mais non, fit Joseph, qui est-ce qui peut supposer que...

— Allons, c'est bon... Va dresser les perdreaux à ma place ;... tu n'as qu'à les mettre sur le plat ;... c'est pas difficile !.. Moi, je vais faire un petit brin de toilette à ce chérubin ; et comme je pense qu'il doit avoir besoin de se réconforter un peu, je reviendrai dans cinq minutes lui donner de suite la place que doit occuper désormais le fils adoptif de Monsieur le docteur !... Ces Messieurs voudront bien excuser, pour aujourd'hui, la mise un peu négligée de Monsieur... monsieur... comment ?...

— Jean, fit le médecin.

— ... de monsieur Jean, continua la brave femme ; le tailleur n'a pas encore apporté ses habits... Allons, venez, monsieur Jean... vous allez revenir manger du bon nanan...

— Sophie, ma bonne Sophie, vous me rendez bien heureux en accueillant ainsi ce pauvre orphelin ! dit M. Lamotte.

Mais Sophie n'entendit pas ces paroles ; elle venait de sortir, en souriant à l'enfant et en couvrant son petit visage de baisers et de caresses.

— Allons, tout est pour le mieux, dit le docteur à ses amis, j'avais grand'peur, non d'avoir fait une sottise en prenant ce pauvre petit, mais de m'attirer des ennuis avec Sophie et d'en attirer à ce brave Joseph qui est là, dans son coin, et qui ne dit rien...

— Dame !.. Monsieur... je demeure stupéfait... Sophie

m'a dit si souvent qu'elle n'aimait pas les enfants... et elle me prouve qu'au contraire, elle les adore...

Alors, M. Lamotte raconta par le menu ce qui s'était passé dans la maison de la veuve Mallez et comment cet événement survenu à la suite de sa conversation avec M. de Cerny et de sa rêverie de la soirée, l'avait poussé à la résolution soudaine qu'il avait prise.

Joseph, oubliant l'ordre que lui avait donné sa femme, était resté là, bouche béante, écoutant la narration du médecin, et, pendant ce temps, le repas s'était trouvé suspendu.

Il ne se souvint que lorsque cette narration fut terminée et, se mettant à courir comme un voleur, il s'esquiva en criant :

— Ah ! mon Dieu !... Et les perdreaux ?...

— Mes chers amis, vous m'excuserez s'ils sont tant soit peu brûlés, dit le docteur à ses convives, ce sera de ma faute ;... mais, que voulez-vous, il y a bien dans tout ceci, vous l'avouerez, de quoi perdre un brin la tête et manquer un plat...

— Voilà monsieur Jean ! fit Sophie qui entrait joyeusement avec l'enfant bien peigné, bien lavé, mais toujours vêtu de sa petite blouse grise quelque peu rapiéciée et que la brave femme avait à demi dissimulée sous une ample serviette blanche attachée autour du cou de l'enfant.

Ce semblant de toilette avait, néanmoins, transformé le mignon.

Le peigne avait démêlé les boucles blondes de sa jolie chevelure et elles tombaient sur son front et sur ses tempes, comme une légère toison dorée. Ses joues, un peu pâlies cependant par les privations, avaient repris sous l'eau et le frottis de l'éponge, une charmante teinte rosée qui donnait à ses beaux yeux d'azur une animation charmante accrue encore par la vue des fruits confits et des petits fours, placés à chaque bout de la table et qui attiraient les regards de l'orphelin.

— Bonbons !... Bonbons !... fit le petit, en étendant ses mains vers les friandises.

— Oui... oui... monsieur Jean... vous allez en avoir, lui dit Sophie, tout en préparant une chaise à côté du docteur et en y asseyant le gentil bébé. Mais, d'abord, vous allez manger un œuf que Joseph, votre valet de chambre, va vous servir ;... il vous faut encore attendre un instant.

— Bonbons... je veux des bonbons !... répéta l'enfant avec le même mouvement.

— Allons... je dois lui obéir... c'est mon maître !...

Et Sophie prit dans une coupe où se trouvaient des petits gâteaux, l'un d'eux qui représentait un bonhomme garni de crème, et le lui donna.

— Voilà, monsieur Jean, voilà le père Etrennes avec son paletot couvert de neige et un polichinelle dans sa main !... Tiens! à propos d'étrennes... C'est monsieur Jean qui en est une fameuse pour monsieur le docteur !... Allons, je vais préparer l'œuf à la coque...

Et elle sortit en courant, avec une étourderie, un sans-façon qui faisaient plaisir à voir.

— Qui aurait pu croire cela de Sophie? fit le docteur.

— Puisque tu choisis si bien les cadeaux d'étrennes, dit M. Roland à son ami, tu pourras en donner un fameux à celle qui se fait de si bon cœur et d'une manière si charmante la nourrice et la gouvernante de ton héritier inattendu.

Et le repas de la Saint-Sylvestre s'acheva joyeux, malgré les perdreaux desséchés et brûlés, les allées et venues de Sophie qui ne s'occupait plus que du fils adoptif de son maître, et aussi malgré les pleurs, les cris de Monsieur Jean qui, encore peu fait aux convenances, se livrait de temps à autre à quelque incartade.

Le lendemain, premier jour de l'an, Sophie et Joseph, en venant présenter leurs souhaits à M. Lamotte, recevaient chacun, comme étrennes, un billet de mille francs que bien d'autres devaient suivre.

En remettant le petit papier bleu à sa cuisinière, M. Lamotte lui dit ceci :

— Ma bonne Sophie, si vous le voulez bien, — car il faut encore que j'aie pour cela votre autorisation, — je vous institue, dès aujourd'hui, la gouvernante de mon fils... Vous déposerez votre tablier et échangerez votre casaquin contre la toilette ordinaire d'une bourgeoise ; vous quitterez la cuisine pour vous tenir dans la chambre de Jean que je remets absolument entre vos mains et que je confie à vos bons soins.

— Comment, monsieur, vous voulez faire de moi autre chose qu'une servante !... Vous voulez me confier M. Jean... à moi qui ne sais rien ?...

— Vous ignorez l'histoire, la géographie, l'algèbre, les sciences et même l'orthographe, Sophie ; mais ce que vous connaissez aussi bien qu'une mère, vous l'avez prouvé, ce sont les choses du cœur, les choses du bon sens, et vous saurez, j'en suis certain, les inculquer à Jean, les lui faire comprendre, lui en montrer l'exemple dès ses premières années, jusqu'à ce qu'il apprenne à lire et à écrire... Alors, il lui faudra un professeur plus habile en matière d'instruction, et nous le choisirons.

Trois jours après, Sophie abandonnait ses fonctions. Elle était remplacée par une jeune femme honnête et simple, ayant déjà fait ses preuves dans cet emploi, chez un ami de M. Lamotte qui avait quitté la France, dont elle n'avait pas voulu s'exiler.

La nouvelle servante avait accepté de subir la tutelle, les conseils, les avis et la surveillance de Sophie que celle-ci, M. Lamotte l'en prévint, n'aurait pu s'empêcher de prodiguer.

III·

Huit années se sont passées.

Le docteur est toujours l'éminent praticien que nous connaissons, se dévouant à ses malades, distribuant à tous, également, ses soins et sa science, et, particulièrement, aux pauvres, les pièces d'argent mises à cette intention dans sa bourse et qui doivent leur procurer les remèdes et la nourriture nécessaires à leur état.

Sophie, dont la surveillance n'était plus utile au fils adoptif de M. Lamotte, était retournée à ses fourneaux ; Joseph, son mari, avait continué son même service, et Jean, le pauvre petit d'autrefois que le docteur avait amené maigre, souffreteux, pâle, de la maisonnette du faubourg, était maintenant un beau garçonnet de treize à quatorze ans, vigoureux, agile, intelligent et très avancé dans son instruction française et latine, au lycée Fénelon dont M. Lamotte lui faisait suivre les classes, avec l'intention de le destiner à la médecine et à la chirurgie, d'en faire un docteur hors pair, et de lui donner sa clientèle.

Malheureusement, l'enfant ne semblait pas avoir un goût bien prononcé pour cette profession.

Le soir, après sa sortie du lycée, autour de la table familiale où venaient souvent prendre place des confrères du docteur, il les entendait s'entretenir des maladies qu'ils traitaient, des opérations chirurgicales qu'ils avaient faites dans la journée, et ces choses-là l'attristaient, l'effrayaient en quelque sorte. Il se figurait sentir les souffrances du patient dont on coupait, hachait, déchiquetait les chairs. Il frissonnait comme si c'était dans son propre corps que l'on eût promené le bistouri, la scie, le scalpel ; il voyait couler le sang par flots, tomber le membre dont on avait fait l'ablation ; aussi se disait-il que, plus tard, s'il lui fallait entreprendre une telle besogne, il n'aurait ni le courage, ni le sang-froid indispensables. Il exprimait alors à son père adoptif ses craintes, ses appréhensions, ses doutes, et il lui manifestait ses attirances, ses aspirations vers la mécanique dont il vantait les merveilles, qu'il se souvenait, très vaguement cependant, avoir entendu exalter par son père, le mécanicien Mallez, un ouvrier adroit, habile, exceptionnellement intelligent, qui, de contremaître qu'il était, serait certainement passé bientôt patron, qui serait peut-être même devenu ingénieur, s'il avait vécu et si la fortune lui était venue en aide par la main d'un homme prévoyant le parti que l'on pouvait tirer de ses capacités.

La mémoire prodigieuse du petit garçon lui permettait de se rappeler aussi l'intérieur modeste de sa mère, sa mort, la course qu'il avait faite enroulé dans le manteau de M. Lamotte, son réveil sur un grand lit entouré de beaux rideaux vert et or, au milieu d'une superbe chambre, où son image se reflétait dans une grande glace placée en face du lit.

Il se souvenait de tout cela, l'enfant, et s'il eût pu l'oublier, ses souvenirs lui rappelaient que, quoique vivant dans un milieu luxueux, quoique appelant M. Lamotte

« mon père », il n'était, après tout, qu'un fils d'ouvrier et qu'il ne bénéficiait de ce luxe que par la charité du docteur.

Par moments, bien qu'il fût d'une nature souple, aimante, bien qu'il eût une réelle affection pour celui qui l'avait préservé du besoin, il avait des révoltes d'amour-propre, il se sentait froissé de subir cette charité, quelque paternelle qu'elle fût, et il aurait voulu déjà s'y soustraire, se suffire à lui-même, pour ne pas la prolonger davantage.

C'était cette pensée intime et secrète qui faisait de lui l'élève par excellence, le travailleur infatigable remportant, chaque année, tous les prix de la classe.

Les soupers de la Saint-Sylvestre avaient continué tous les trente et un décembre, depuis celui auquel nous avons assisté huit ans auparavant avec MM. Hubert, Roland et de Cerny pour convives. Le menu, composé par Sophie, avait été presque toujours le même, puisqu'elle ne recherchait que les plats préférés de ces messieurs.

Ce qui ne s'était pas renouvelé, c'était l'arrivée d'un petit Jean, le cadeau que M. Lamotte avait voulu s'offrir pour ses étrennes n'ayant pas, avait-il dit, l'on s'en souvient, un héritier auquel il pourrait laisser sa fortune.

Comme le jour de son entrée dans la maison, Jean avait pris part, tous les ans, au dessert de ces soupers pendant lesquels on fêtait saint Sylvestre, mais aussi l'anniversaire de cette entrée. Alors, M. Lamotte, n'ayant plus à se payer un cadeau, puisque Jean lui en prodiguait, soit, d'abord, par le récit d'une fable, soit par une page d'écriture ornée de majuscules à hiéroglyphes, soit, ensuite, en progressant, par un cahier de problèmes, une composition latine, etc., M. Lamotte, disons-nous, donnait, au contraire, des étrennes à Jean en un billet de banque grand format qu'il mettait dans la tirelire du petit garçon, billet de banque qui était envoyé quelques jours après à la Caisse d'épargne et allait grossir la petite somme destinée, disait M. Lamotte, à l'achat, plus tard, des cigares de Jean et d'un outillage de fumeur.

Le garçonnet recevait volontiers ces cadeaux ; cela ne lui pesait pas comme le luxe et l'hospitalité qu'on lui donnait et qu'il croyait ne pas lui être due, à lui, fils d'ouvrier.

On peut, pensait-il, accepter un cadeau sans en être gêné ; mais il n'en est pas de même d'une adoption charitable.

Un cadeau peut se donner à tout le monde, et à tous les titres ; son père aurait pu en recevoir d'un patron, comme témoignage de satisfaction extrême pour un travail mécanique bien exécuté ; sa mère, pour un ouvrage de couture accompli d'une façon exceptionnelle ; un don d'argent n'est pas considéré, dans ces cas, comme une aumône.

Sa pensée s'en allait bien souvent vers ses parents. Il restait fidèle à leur souvenir et gardait dans son cœur, sans ingratitude cependant pour M. Lamotte, une immense vénération, une profonde estime, une réelle affection pour ceux qui lui avaient donné la vie, et ces sentiments ne faisaient peut-être que s'accroître à mesure qu'il avançait en âge.

Un soir, pendant le dernier souper de fin d'année, la conversation entre M. Lamotte et ses amis s'était étendue sur ce genre de sujet, et ce fut lui qui la dirigea complètement sur son cas personnel, sans, cependant, sembler se mettre en jeu.

— Y a-t-il ingratitude, mon père, demanda-t-il, s'adressant au docteur, lorsqu'un enfant reçoit des bienfaits

d'une personne étrangère, de ne pas préférer cette personne à ses propres parents qui, cependant, ne peuvent
rien pour lui ?

Le docteur avait aussitôt compris l'allusion ; mais il ne
voulut pas le laisser voir.

— Non, certes, mon enfant, répondit-il, et le contraire
ne serait ni juste ni naturel. On peut avoir de la reconnaissance et même de l'affection pour celui ou celle qui
vous secourt ; mais, malgré cela, l'on ne doit pas cesser
de donner à ses parents tout son cœur, tout son respect ;
y manquer serait une grande faute. N'est-ce pas, d'ailleurs, la loi de la nature ?... Vois comme, chez les animaux,
les petits s'attachent à leur mère, la suivent partout, se
réfugient sous elle, se rendent à ses exemples ; à plus
forte raison chez l'homme, un animal raisonnable, lui,
ce sentiment, qui n'est chez le bipède ou le quadrupède
qu'une sorte d'instinct, doit-il être plus intense, puisqu'il
est dicté par un cœur aimant et sensible, et par un cer-
veau qui pense, qui raisonne... Mais pourquoi me de-
mandes-tu cela ?

— Oh ! père, je vous le dirai un autre jour, fit Jean ;
nous ne sommes pas seuls et je ne veux pas ennuyer ces
messieurs de mon babil.

— Tu peux t'expliquer devant mes amis, mon petit
Jean ; ils sont, eux, de véritables pères de famille ; ils
ont des enfants et, mieux que moi, peut-être, ils pourront
te répondre.

Malgré cette autorisation de M. Lamotte, Jean se tut.

— Quoique tu n'aies parlé qu'à demi-mots, mon cher
Jean, dit M. Hubert, nous avons compris ta pensée,
comme ton père adoptif l'a certainement comprise aussi.
Ton jeune cœur, n'est-ce pas, est resté attaché à ton
père et à ta mère, et, quoique tu aimes M. Lamotte

sincèrement et avec reconnaissance, tu sens que cette affection est absolument différente de celle que t'inspiraient et que t'inspireraient encore tes parents, s'ils vivaient; et tu crains d'avoir de l'ingratitude envers ton bienfaiteur. Eh bien, et notre ami le docteur sera sûrement de mon avis, ce que tu éprouves doit être ; le contraire serait anormal. Il est impossible que, malgré la situation qui t'est faite ici, tu ne penses pas chaque jour à tes parents et que tu ne les regrettes pas, quoique tu n'eusses probablement pas joui auprès d'eux du bien-être dont tu bénéficies en cette maison. S'il en était autrement, tu serais un mauvais fils.

Le docteur et les deux autres convives appuyèrent le dire de M. Hubert. M. Lamotte prit Jean entre ses bras et l'embrassa avec effusion.

— Non, mon cher enfant, dit-il avec des larmes dans les yeux, tu ne seras jamais un ingrat, car tu as un cœur délicat et sensible ; mais je te demande une grâce, c'est de m'aimer un peu ; car, moi, je t'aime de l'affection d'un véritable père. Mon cœur tout entier est à toi et je t'ai voué ma vie. C'est pour toi seul que je travaille maintenant ; je veux te faire très riche et très savant ; je veux que, lorsque je quitterai cette terre, tu prennes ma place auprès des malades ; je veux te laisser, avec ma fortune, une réputation acquise par ta science, mais aussi par mon aide.

Jean écoutait attentivement ce que M. Lamotte et ses amis lui disaient. Néanmoins, il n'osait pas avouer ce qui, depuis longtemps, torturait son esprit : c'est-à-dire qu'il aurait préféré que son instruction fût dirigée vers la mécanique, le métier de son père, plutôt que vers la médecine et la chirurgie, qui ne lui plaisaient pas pour les raisons que le lecteur connaît.

Cependant, étant mis un peu sur la voie par ces messieurs, qui, quelques minutes après, voyant le docteur fatigué, voulaient se retirer, le petit garçon reprit :

— Oh ! oui, père est toujours fatigué le soir, et, malgré cela, il faut souvent qu'il sorte la nuit, quand on vient le chercher ; il n'a jamais de repos ; c'est encore un des inconvénients de son métier ; et puis, il ne peut jamais se distraire, ni se promener, il doit rester sans cesse à la disposition du public...

— Fichtre ! tu aimes l'indépendance, toi ! fit M. de Cerny.

— J'aime l'indépendance comme tout le monde ; mais ce que je n'aimerais pas, surtout, si j'étais médecin, c'est de voir souffrir les gens, sans quelquefois pouvoir leur porter secours, en sachant qu'ils sont condamnés à mourir et que la médecine est impuissante pour les sauver.

— Tu as raison, enfant, c'est aussi l'une de mes plus grandes souffrances ; mais, par contre, quelle joie ressent un médecin quand il rend la vie à un malade qu'il croyait perdu !... Comme il est fier de sa cure, comme il est heureux de cette résurrection !

— Ah ! vous avez beau dire, père, répliqua Jean, entraîné enfin par l'élan de sa conviction, c'est un métier qui...

Il s'arrêta, comprenant soudain qu'il allait faire de la peine à M. Lamotte, et baissa la tête, un peu honteux de la hardiesse qu'il avait eue.

Car il savait bien qu'il avait été compris et qu'à l'heure présente, le docteur ne pouvait plus douter de son aversion pour la médecine.

M. Lamotte ne répondit pas ; mais, s'adressant à M. Roland qui murmurait à son oreille ces mots : — Tu ne feras jamais un chirurgien, ni même un médecin de cet enfant-là, il dit : — Je ne l'y forcerai pas ; mais s'il s'y refuse, j'en aurai beaucoup de peine.

Le médecin était, en effet, très fatigué et les convives se retirèrent.

Jean embrassa son père adoptif avec quelque embarras et le quitta à son tour.

· Le petit garçon, qui avait gardé l'habitude d'aller chercher Sophie pour se faire mettre au lit, la rencontra dans le corridor qui conduisait à la cuisine.

Comme il ne lui cachait jamais rien de ses impressions, il lui fit part de celle sous laquelle il se trouvait par la causerie qui venait d'avoir lieu, et lui raconta ce qui avait été dit.

— Qu'est-ce que vous avez fait là, monsieur Jean ! lui dit-elle ; vous avez occasionné un gros chagrin à Monsieur ;... c'est ce qui peut lui arriver de plus triste, à l'exception de votre mort... Lui qui vous a adopté pour avoir un héritier et un successeur, pour être bien assuré que sa manière de traiter les maladies serait continuée après lui !... Il va vous en vouloir !...

— Alors, il ne m'aimera plus ?

— Ah ! si !... Il vous aimera tout de même, car l'amitié ne se commande pas, on n'est pas maître de cela... et comme il vous aime autant que si vous étiez vraiment son enfant, il ne pourrait pas s'en empêcher ; seulement sa vie sera maintenant tourmentée, puisqu'il sait que si vous suivez la carrière médicale, ce sera contre votre gré et uniquement pour lui être agréable.

— Alors, j'ai eu tort d'être franc ?

— Oui et non. Oui, puisque vous lui avez enlevé son illusion ; non, parce qu'il ne faut jamais mentir.

— Je ne pouvais pourtant pas faire l'un et l'autre en même temps !

— C'est vrai !... Enfin, nous verrons ce qui résultera de votre déclaration à Monsieur... Dans tous les cas, il est toujours fâcheux que les circonstances se soient présentées ainsi.

C'est en causant de la sorte que Sophie et Jean montèrent à la chambre du petit garçon. Par un reste de vieille habitude, elle ne descendit que lorsqu'il fut couché, emportant, comme toujours, la lumière, par précaution.

Les fenêtres de la chambre de Jean donnaient sur une petite cour où jamais personne ne pénétrait ; il ne craignait donc pas d'être vu, ni d'être surpris de ce côté.

Il se releva, dès que Sophie fut sortie, comme il le faisait chaque soir depuis plus d'un an, alluma une bougie qu'il tira de la poche de sa jaquette, puis, dans le tiroir de la commode qu'il avait l'habitude de fermer à clé, se servant pour cela, auprès de Sophie, d'un prétexte enfantin, prit une sorte de petite locomotive en fer à demi confectionnée, des outils minuscules qu'il achetait peu à peu avec l'argent qu'on lui donnait, et se mit à travailler à cet objet mignon.

— Elle sera bientôt finie, dit-il à mi-voix, et quand je la montrerai à Sophie et à Joseph, ils me feront des compliments de mon habileté... Quant à père, il ne la verra pas ; il me gronderait de poursuivre mon idée et de lui désobéir... Cependant, ce n'est pas ma faute s'il me plaît davantage de créer quelque chose, que de détruire, en coupant un bras ou une jambe.

Il tournait et retournait la petite machine entre ses doigts, en faisait marcher les rouages pour les essayer, limait, sciait, clouait doucement afin de ne pas être entendu, et paraissait content de son travail.

Tout à coup, ses sourcils se froncèrent et il s'arrêta.

— Non, ce n'est pas comme cela que ce levier doit marcher... il y a là quelque chose d'irrégulier... d'incomplet... Il faudra que je voie... que je me rende compte...; et puis, la cheminée est trop éloignée du foyer... et la roue de gauche traîne, traîne sans tourner !... C'est demain jour de congé; j'irai, avec Joseph, voir son frère qui est premier ouvrier dans l'usine Broquart, où l'on fabrique des moteurs et des locomobiles de tous genres ;... je me ferai expliquer par lui ce que je ne comprends pas, ce que je ne sais pas faire.

Et, essayant encore, remaniant, plaçant, déplaçant les pièces de la quasi-locomotive, il la replaça dans sa cachette avec les outils, puis se recoucha et s'endormit en rêvant qu'il était à cheval sur un moteur ailé qui l'emportait à toute vapeur dans un chemin au bout duquel se tenait le Président de la République qui l'arrêtait au passage, pour attacher sur sa poitrine la croix de la Légion d'honneur.

Le lendemain, de très bonne heure, il se leva pour aller présenter ses vœux de bonne année à son père adoptif et l'embrasser avec un élan sincère d'affection filiale.

— Vous ne m'en voulez pas d'hier, père? lui demanda-t-il.

— T'en vouloir !... Et de quoi? dit M. Lamotte, prenant un air étonné comme s'il ne comprenait pas ce que Jean voulait dire.

Le docteur désirait éviter une polémique ou une discussion avec l'enfant; il préférait passer l'incident sous

silence et laisser aller les choses sans paraître y attacher d'importance.

Le ton de M. Lamotte ne permettait pas de réplique ;
Jean s'en tint là.

L'enfant sentit qu'il ne devait pas revenir sur ce qui
avait eu lieu.

Néanmoins, dans la matinée, pendant que le médecin

visitait ses
malades, le
petit garçon,
ayant remar-
qué que Jo-
seph n'était
pas sorti avec
lui, descendit
à la cuisine et
demanda au
domestique
s'il n'irait pas
souhaiter la bonne année à son frère.

Joseph lui répondit qu'il n'irait que le soir, lorsqu'il
serait certain que M. Lamotte n'aurait plus besoin de
ses services.

— Vous avez une raison pour me demander cela, monsieur Jean ? interrogea le domestique.

— Oui, Joseph ; je désirerais voir une locomotive que j'ai
remarquée la dernière fois que j'ai été à l'usine Broquart.

— Ça vous intéresse donc beaucoup les locomotives ?...
demanda Sophie qui écoutait.

— Oui, répondit simplement l'enfant.

Puis, revenant à Joseph :

— Allons-y maintenant, fit-il, ce n'est pas loin ; nous
serons de retour avant la rentrée de père.

— Vous voulez donc cacher à M. Lamotte votre envie de voir ces machines ? objecta Joseph. .

. — Je craindrais de le contrarier.

— Je te dirai pourquoi, dit Sophie à son mari en lui faisant signe de n'en pas demander davantage et d'acquiescer au désir de Jean ; ne perds pas de temps ; le petit a raison, il ne faut pas que Monsieur sache que son fils est si curieux de ces choses-là.

— Allons, je veux bien ; du moment que tu me le dis, Sophie, je me rends ; je vais m'habiller et nous partons.

Une demi-heure après, Joseph et le petit garçon arrivaient à l'usine, où Jean, après avoir examiné avec la plus grande attention tous les modèles de locomobiles fabriqués dans la maison, adressa mille questions au frère de Joseph qui y répondit avec une grande simplicité d'expressions techniques en rapport avec l'âge du garçonnet et que celui-ci comprit facilement.

M. Lamotte ne sut rien de cette promenade, car Sophie avait initié Joseph à la cause qui l'avait motivée ; et, le soir, lorsque Jean rentra dans sa chambre, il se mit courageusement à son petit travail, rectifia les défauts de son mécanisme, et acheva sa locomotive, se promettant de s'assurer, dès le lendemain, si elle marchait.

Son vœu fut accompli, ou à peu près ; si son œuvre n'était pas aussi parfaite qu'il l'aurait voulu, si elle était un peu défectueuse dans la régularité de sa marche, il avait du moins réussi à donner du mouvement à une chose inerte, ce qui était déjà un grand encouragement et même un énorme succès.

Sa joie fut immense ; mais il souffrait de ne pas pouvoir montrer à son père adoptif ce qu'il était parvenu à faire, avec de la volonté et de la patience. Aussi ce fut à force d'efforts qu'il put garder son secret pendant une

Vous avez un jouet nouveau?... (page 53).

huitaine de jours. Bientôt, son amour-propre prit le dessus et un matin que Sophie, un peu inquiète de ne pas le voir descendre, monta dans sa chambre, il ne lui cacha pas, comme il l'avait fait précédemment, la petite machine qu'il faisait manœuvrer sur le parquet.

— Vous avez un jouet nouveau ? je ne le connaissais pas, fit Sophie, en s'arrêtant devant l'objet ; c'est gentil, ça !... Comme on invente de jolies petites choses maintenant !... Ça marche comme une grande locomotive.

— Vous trouvez qu'on invente de jolies choses, Sophie ?... Eh bien, c'est moi qui ai inventé et fabriqué celle-ci.

— Petit farceur, va !

— Vous ne me croyez pas ? reprit-il avec un air sérieux.

— Mais si... mais si, je vous crois, répondit la servante en plaisantant ; vous aurez un prix à la prochaine exposition.

— Mais je vous assure que c'est moi qui ai fait cela... tenez... voilà les outils qui m'ont servi.

Et il courut à la commode, en ouvrit le tiroir et étala sous les yeux de Sophie les scies, les marteaux, les poinçons, les pinces qu'il y enfermait.

— Me croyez-vous, maintenant? fit-il avec fierté.

— Comment, monsieur Jean, c'est vraiment vous !... mais c'est merveilleux !... Vous qui n'avez jamais appris rien de ce qui ressemble au métier de mécanicien... voilà que, du premier coup, vous faites marcher des locomotives !... C'est-il dommage que vous n'êtes pas destiné à être ingénieur... J'en reste ébahie !... C'est à croire que je rêve !... Il faut montrer ça à Joseph et à son frère...

— Mais pas à mon père... et c'est justement et surtout de lui que j'aurais voulu avoir une approbation...

— Oui... peut-être ça changerait-il ses idées... mais

peut-être aussi cela lui produirait-il une impression fâcheuse.

— Il m'en coûte beaucoup, Sophie, de me cacher de lui... mais pourquoi aussi veut-il m'empêcher de suivre ma vocation?... Moi, je suis certain que je réussirais...

— Vous réussiriez peut-être, mais peut-être aussi ne réussiriez-vous pas... tandis que vous êtes certain, en étant docteur, d'avoir tout de suite la clientèle de Monsieur et, avec elle, la réputation.

— C'est justement encore ce qui me déplairait : n'avoir pas conquis par moi-même, par mon propre savoir, cette réputation et cette clientèle...

— Enfin, monsieur Jean, je sais que l'on n'a jamais raison contre vous, dit Sophie qui, à cette réplique du jeune garçon qu'elle trouvait très juste, ne savait plus que répondre ; vous avez encore le temps de changer d'avis et Monsieur aussi ; dans cinq ou six ans, on verra.

— Eh bien, j'apprendrai les deux professions ! riposta Jean, en manière de défi.

— Ça, ce serait un travail de géant, fit Sophie en souriant, et, si vous êtes hercule par volonté, vous ne l'êtes pas comme santé, vous n'y tiendriez pas.

Jean, en effet, quoique bien constitué, n'était pas d'une force à braver impunément de grandes fatigues et, certes, c'eût été une fatigue intellectuelle immense, que de suivre, en même temps, les cours de médecine et ceux des arts et métiers, ou des ponts et chaussées.

C'était l'impossible. Cependant, Jean comptait le faire.

Déjà, il s'était renseigné auprès de ses professeurs et des grands élèves du lycée qui se préparaient à l'école des ponts et chaussées, de la ligne de conduite à suivre, du genre d'études à faire, des examens qu'on devait passer pour y entrer et, quoique fort jeune encore, il comprenait les explications qu'on lui donnait.

Comme cela demeura convenu entre lui et Sophie, M. Lamotte ne sut rien de la construction de la locomotive, pas plus que de celle d'une autre petite machine mécanique à moudre qui fit son apparition six mois après.

Chaque fois que Sophie, confidente des travaux du jeune homme, était mise au courant de l'apparition de ces merveilles, cela valait à Jean, non seulement des compliments exaltés, mais aussi des remontrances pour sa désobéissance envers son père adoptif. Elle invoquait toujours le chagrin qu'éprouverait M. Lamotte, si son fils adoptif n'acceptait pas sa profession, que le docteur ne continuait, d'ailleurs, que dans ce but, ayant une fortune plus que suffisante pour vivre sans rien faire.

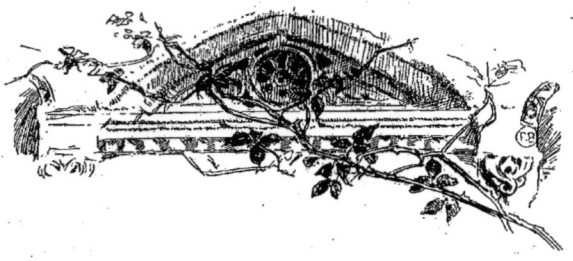

IV

Les choses allèrent ainsi pendant trois ans.

Le jeune homme, par son caractère aimant et doux s'était attaché de plus en plus l'affection de M. Lamotte qui se plaisait à reconnaître en lui une intelligence hors ligne et un travailleur infatigable.

Jean, bien souvent, avait ramené adroitement la conversation sur son sujet favori, la mécanique, sans que le docteur s'en fût aperçu. Cela était d'autant plus facile que celui-ci avait un ami ingénieur. Le jeune homme profitait des fréquentes visites de cet ami pour aborder la question, afin de profiter de sa science.

L'exposition de 1878 s'étant ouverte à Paris, M. Lamotte se rendit dans la capitale, comme l'univers entier le fit, pour visiter les merveilles accumulées au Champ-de-Mars.

Son ami, l'ingénieur Morel, l'accompagna, et il va sans dire que Jean fut du voyage.

On pense bien que ce fut une joie immense pour le jeune homme ; il allait donc pouvoir examiner, admirer et étudier tous les prodiges métallurgiques accumulés là.

Pour l'ami de M. Lamotte, M. Morel, c'était aussi d'un grand attrait.

Le jour même de leur arrivée, ils visitèrent, avant toute chose, le Champ-de-Mars.

Quel ébahissement ! Devant leurs yeux se montrait le *nec plus ultra* du génie de la mécanique. Pourrait-on jamais aller au delà ? L'homme devait avoir dit son dernier mot ! C'était la perfection ! l'idéal !... Les cerveaux qui avaient enfanté ces rouages, qui avaient fait se mouvoir de telles machines devaient avoir une puissance géniale au delà de la puissance humaine ; ils devaient avoir été inspirés par une force divine ; car l'homme ne peut arriver par lui-même à des conceptions aussi gigantesques, à ces travaux de Titan.

Voilà comment pensait Jean, en présence des choses qu'il voyait. Voilà comment il s'exprimait, en s'adressant à son père adoptif et à M. Morel qui l'écoutaient, étonnés de son langage et de la transfiguration de ses traits.

Ce n'était plus ni le langage, ni les traits d'un jeune homme de seize ans ; c'était un homme dans tout l'épanouissement de la force intellectuelle et de l'expression physique.

Entraîné par son admiration, par la vue du spectacle grandiose des effets que pouvait produire l'application de la vapeur et de l'électricité, il allait, avec ses compagnons, d'une machine à une autre, questionnant, admirant, raisonnant tout cela à haute voix et avec une telle justesse que les curieux les suivaient, s'arrêtant où ils s'arrêtaient, marchant à leurs côtés, pour écouter ce jeune garçon qui causait, qui raisonnait presque aussi bien que l'aurait fait un mécanicien familier avec le métier.

M. Lamotte et M. Morel étaient tellement, eux aussi,

sous le charme des paroles de Jean qu'ils ne s'étaient pas
vus l'objet de l'attention du public. Dès qu'ils s'en aper-
çurent, ils s'éloignèrent en recommandant au jeune homme
de parler à voix plus basse et de maîtriser ses gestes,
occasionnés par sa vive admiration.

Néanmoins ils demeurèrent toute la matinée au milieu de ces splendeurs et n'en sortirent que pour aller déjeuner dans l'un des restaurants qui environnaient les
jardins.

M. Lamotte s'était fait donner un salon particulier pour
qu'ils pussent causer plus à leur aise.

L'attitude de Jean l'avait frappé.

En l'entendant parler métallurgie et mécanique avec
une réelle autorité, il s'était souvenu des conversations
qui avaient eu lieu entre son fils adoptif et les convives
de la Saint-Sylvestre, puis aussi avec lui-même.

Ignorant que le jeune homme, se livrant à ses goûts,
avait fait les petites constructions que l'on sait, il ne s'é-
tait pas méfié, et il croyait que la *turlutaine* de machines
était passée, au contact de ses études.

Cette visite à l'exposition ramena la pensée du docteur
vers ces conversations et il voulut sonder, interroger
même ouvertement celui qu'il appelait si affectueuse-
ment son enfant.

A peine entré dans le petit salon, et en attendant qu'on
servît le repas demandé par M. Lamotte, Jean, qui n'avait
pas calmé son enthousiasme, aborda lui-même la question.

— Quelles belles choses nous venons de voir, dites,
père, fit-il ; et, cependant, vous ne semblez pas apprécier
bien fort ces gigantesques inventions. Vous demeurez
froid ; voyez M. Morel, il est émerveillé, lui !

— C'est que M. Morel n'a pas de raisons, comme

moi, pour ne pas se laisser aller à son admiration... c'est que la vue de ces machines ne lui est pas, comme pour moi, une cause de chagrin.

M. Morel devina la pensée du médecin.

— Une cause de chagrin ? questionna Jean.

— Sans doute, reprit M. Morel. Si la vue de ces machines me fait éprouver cette admiration, c'est que je suis du métier et que j'ai vu là un progrès immense et un bienfait pour l'industrie. Il n'en est pas ainsi de votre père. Ces progrès le laissent premièrement un peu indifférent, puisqu'il n'en a que faire ; et, secondement, comme il doit se souvenir que vous lui avez déclaré préférer la profession d'ingénieur à celle de médecin, il peut craindre qu'en voyant tout cela, vous reveniez plus que jamais à vos idées.

— C'est, en effet, la pensée qui a surgi en moi, cher enfant, dit M. Lamotte à Jean, quand je t'ai vu tout à l'heure te prendre d'une exaltation excessive pour ces produits métallurgiques et que je t'ai entendu raisonner les rouages et la façon de la construction, comme si tu les avais déjà étudiés.

— Eh bien, père, fit Jean, se laissant aller enfin à une confession, je veux vous dire la vérité, car il m'en coûte beaucoup de vous la déguiser depuis plus de deux ans, obéissant en cela aux conseils de Sophie qui m'assurait que cette vérité vous rendrait malheureux !... Oui, j'ai étudié la mécanique le mieux et le plus que je l'ai pu, à votre insu, pendant mes heures perdues et pendant la nuit... J'ai construit, en cachette, plusieurs petites machines lilliputiennes, bien incomplètes, bien défectueuses, sans doute, mais qui se meuvent et qui, modifiées par un ingénieur comme M. Morel, par exemple, pourraient peut-être, agrandies et mises au point, tenir une petite place dans la marche du progrès... Et, tenez, comme je pensais bien qu'en venant à Paris, j'aurais l'occasion de visiter l'exposition, un jour, sans vous, j'ai mis dans ma malle l'une de mes œuvres, pour me rendre compte de ses défauts, par comparaison, et si M. Morel veut bien me le permettre, je la lui montrerai en rentrant à l'hôtel.

M. Lamotte, silencieux, avait les yeux fixés sur le visage de son fils adoptif qui s'était illuminé.

M. Morel répondit à Jean :

— Certes, je te le permets, mon jeune ami, et je suis même curieux de voir comment, n'ayant jamais reçu aucune notion de mécanique, tu as pu faire quelque chose, même de très imparfait.

— Ainsi, dit enfin M. Lamotte, quoique je t'aie toujours manifesté le désir de faire de toi un médecin, tu as été jusqu'à te livrer à des essais, sachant par Sophie qu'en faisant ainsi, tu me contrariais vivement. Il faut donc, mon cher enfant, que ce goût soit, chez toi, bien prononcé, bien arrêté, puisque, plutôt que d'y renoncer, tu as préféré sacrifier mon désir. Tu n'as pas voulu me céder ; il faudra donc que je cède, ne voulant pas, moi, te causer de la peine... Tu veux être mécanicien, devenir ingénieur, tu le seras... Je pensais profiter de ce voyage à Paris pour aller voir les éminents professeurs et chirurgiens Péan et Charcot, te recommander à eux, et te faire suivre leurs cours, tout en achevant tes études pour le baccalauréat. Je n'en ferai rien... Je te laisserai à Paris où tu termineras et passeras tes examens, tu n'en as plus que pour une année ; puis, tu iras à l'école Centrale... Je serai privé de toi deux ans plus tôt, voilà tout. Puisses-tu ne pas regretter ta décision.

Les paroles, et surtout le ton de M. Lamotte, avaient

une certaine aigreur. Quoiqu'il fût très calme et très doux, on sentait percer le mécontentement, la contrariété, mais surtout une grande tristesse et, dans ses yeux, Jean et M. Morel purent voir briller une larme qu'il eut, néanmoins, la force d'arrêter sous sa paupière.

Jean voulut se défendre, s'expliquer ; M. Lamotte ne lui en laissa pas le loisir.

— Ne parlons plus de cela en ce moment, dit-il, nous gâterions notre plaisir à tous les trois. Tantôt, en rentrant à l'hôtel, tu montreras à M. Morel ta fameuse construction...

— Et vous, père, vous ne la regarderez pas? hasarda timidement le jeune homme ; vous me feriez cependant bien plaisir.

— A quoi cela me servirait-il? je ne connais rien à ce métier-là, fit le docteur d'un air un peu dédaigneux.

— Vous m'en voulez, père?

— Non ; mais je regrette, répondit sèchement M. Lamotte, que tu te mettes aussi nettement en révolte contre moi, quand, comme je te l'ai dit tout à l'heure, tu sais qu'en pensant ainsi, tu anéantis le rêve que j'ai poursuivi dès le jour même où je t'ai recueilli... Brisons là, je te prie, ajouta le médecin, voici le déjeuner.

Le garçon était entré, portant sur un plateau le mets qu'il venait servir.

M. Morel avait cru ne pas devoir intervenir dans le dialogue entre le père et le fils, parce que sa position, à titre d'ingénieur, était délicate envers l'un comme envers l'autre ; il changea de sujet et mit la conversation sur un ton plus gai.

Mais il eut beau faire, il ne rompit pas la glace; le reste de la journée demeura froid et compassé, quoiqu'ils eussent pénétré dans les parties amusantes et joyeuses de l'exposition, les concerts et les exhibitions, où M. Morel les avait entraînés tout exprès pour raviver et égayer M. Lamotte.

Rentrés à l'hôtel, ce fut le médecin qui ordonna presque à Jean de sortir son œuvre de la malle, afin, dit-il, de faire jouir l'ingénieur de la vue de ce chef-d'œuvre.

Jean ne se le fit pas répéter deux fois : mû par son orgueil et sûr qu'il avait fait une chose qui serait reconnue bonne par un connaisseur, il tira de sa malle la petite machine et la présenta d'abord, par déférence, à son père adoptif.

M. Lamotte jeta un coup d'œil indifférent sur l'objet ; mais, malgré cette indifférence, on pouvait lire sur son visage une surprise qu'il ne put dissimuler et que Jean, qui guettait, vit avec joie.

— Je t'ai dit que je n'y connaissais rien, fit le docteur, dont le ton était moins aigre et dont la contenance sévère s'adoucit subitement. C'est à Morel qu'il faut montrer cela.

M. Morel n'avait pas attendu cet ordre ; dès que Jean eut enlevé le moulin minuscule de l'enveloppe qui le couvrait et qu'il l'eut assez approché de lui pour en distinguer la structure, il avait avancé la main avec curiosité, avait vivement saisi la petite machine, l'avait examinée et s'était écrié en s'adressant à son ami :

— C'est merveilleux !... Cet enfant-là, vois-tu, mon cher Armand, est né mécanicien et tu ne dois pas contrarier sa convocation.

— Toi aussi ! fit M. Lamotte en fronçant les sourcils.

— Oui, moi aussi ; voici, trouvé par lui, un genre de mécanisme que je cherche depuis plus d'un an, et qui doit remplacer le système routinier que l'on emploie.

Alors, il questionna le jeune homme, lui demandant

comment il était arrivé, d'abord, à concevoir, à créer, à trouver ce mécanisme, puis à l'exécuter sans modèles.

Jean lui raconta ses recherches, son travail silencieux et caché, la nuit ; ses visites avec Joseph dans l'usine Broquart, ses études des locomobiles qu'il y voyait, etc.

M. Lamotte écoutait malgré lui et, malgré la tristesse que lui occasionnaient les révélations de son fils, qu'il avait été bien loin de soupçonner jusque-là capable d'autant de savoir-faire, il écoutait avec un véritable étonnement admiratif qu'il ne put comprimer plus longtemps, et, tendant les bras à Jean, il s'écria :

— Viens, mon Jean, je te pardonne le mal que tu me fais et mes illusions perdues !... Suis ta vocation... je ne te parlerai plus de la médecine !...

La fin de la soirée se passa gaiement.

On s'entretint, en faisant une promenade sur les boulevards, des différents types étrangers que l'on avait rencontrés, des diverses choses que l'on avait vues.

Les trois Lillois passèrent les vacances entières à Paris. Chaque jour, quoique visitant l'exposition dans toutes ses galeries, dans tous ses jardins, ils n'en allaient pas moins voir manœuvrer les locomobiles et l'électricité.

M. Morel faisait de véritables conférences à ses deux compagnons, aussi bien à Jean qu'à M. Lamotte, qui commençait à s'intéresser très chaleureusement à la mécanique, qu'il dédaignait tant quelques jours auparavant.

Cependant M. Lamotte, s'il ne parlait plus à Jean de la médecine, ne lui parlait pas davantage de la métallurgie. Le jeune homme ne provoquait rien et, de son côté, il gardait le silence, alors que le père et le fils eussent dû s'entendre sur les mesures à prendre, tandis qu'ils se trouvaient à Paris, pour suivre l'une ou l'autre des deux

C'est merveilleux!... cet enfant est né mécanicien... (page 61).

professions. Ils étaient à proximité des écoles et M. Lamotte aurait dû s'informer auprès des professeurs ou de
l'École de médecine ou de l'École Centrale ou encore
de celle des arts et métiers, suivant l'impulsion qu'il
désirait donner à la carrière de Jean.

Il n'en fut rien.

Le docteur voulait-il encore se tenir à l'écart ? Regrettait-
il son acquiescement donné trop spontanément, dans un
moment de surprise et de sensiblerie ? Voulait-il encore
laisser l'initiative à son fils adoptif et le forcer à parler le
premier ? Que savait-on ?

Le jeune homme, voyant arriver la fin de leur séjour
sans qu'aucun mot eût été échangé sur ce sujet si brûlant
pour lui, en parla un matin à M. Morel, pendant un
moment d'absence du docteur.

Il pria l'ingénieur de bien vouloir demander à M. Lamotte s'il s'en tenait toujours à ce qu'il avait dit, s'il permettait définitivement à son fils adoptif de suivre son
penchant.

M. Morel se récusa. Il ne lui appartenait pas, dit-il, de
poser cette question à son ami.

— Si ton père garde le silence envers toi, mon cher Jean,
ajouta l'ingénieur, c'est qu'il a une raison pour le faire,
et il vaut mieux que ce soit toi qui lui en parles, il attend
peut-être cela.

Jean, pour arriver à son but, ne voulait reculer devant
rien ; il était même décidé à affronter toutes les observa-
tions, toutes les remontrances, toutes les explications
contradictoires que M. Lamotte lui ferait si, revenant,
après réflexion, sur le consentement donné dans une
heure d'enthousiasme qu'il regrettait peut-être, il voulait
démontrer son erreur et convaincre son fils adoptif, en
rebroussant chemin.

Il posa nettement la question.

— Mon père, dit-il l'avant-veille du départ, n'irons-nous pas visiter les écoles ?

— Nous les visiterons si tu le désires, et dès aujour-d'hui même, mon cher enfant, répondit le médecin. Quelles sont celles que tu veux voir ?

— Celle où j'entrerai après mon baccalauréat, pour apprendre la mécanique.

M. Lamotte regarda fixement le jeune homme.

— On apprend la mécanique dans plusieurs écoles ; on devient ingénieur soit à l'école Polytechnique, à l'École Centrale, à une école d'arts et métiers.

— Choisissez pour moi, père, quelle est celle qui me conviendra, en même temps que je suivrai les cours de la Faculté de médecine.

— L'on ne peut chasser deux lièvres à la fois, dit le proverbe, répliqua le médecin, ou du moins, si on le peut, on chasse mal. Les cours de l'École de médecine sont à peu près aux mêmes heures que les cours des autres écoles de Paris, et si tu voulais étudier les deux profes-sions, tu serais forcé de négliger un cours pour l'autre, d'alterner ; et, en de telles conditions, il est certain que tu serais ou un mauvais médecin, ou un mauvais mécani-cien. Néanmoins, tu en feras ce que tu voudras. Je t'ai dit que je te laissais ton libre arbitre, je veux maintenir ma parole... Tu désires visiter les écoles, soit !... Com-mençons donc tantôt par l'École de médecine ; demain nous irons ailleurs, et je prolongerai mon séjour de deux ou trois jours pour voir les autres... Et, puisque nous en sommes sur ce sujet, disons-nous tout ce que nous avons à nous dire... Comme tu as fait tes classes au lycée de Lille, et que tu es inscrit à Douai pour passer cette année et l'année prochaine tes examens de

bachelier ès-lettres et ès-sciences, tu les y passeras ; puis
tu viendras à Paris pour faire ta médecine et te faire
admettre à l'École Centrale. Je viendrai t'installer
moi-même, à Paris, dans un logement sain et conve-
nable, et alors, croyant avoir fait envers toi le devoir
d'un père, je te laisserai agir, espérant que tu n'abu-
seras pas de ta liberté, et comptant sur ton amour-propre
et ton orgueil pour te faire estimer, honorer et aimer de
tes professeurs, de tes amis et arriver au résultat que tu
désires.

— Ah ! père, merci ; je vous jure que vous serez content et fier de moi ! s'écria Jean avec une énergie virile
digne d'un homme de vingt-cinq ans.

Les trois excursionnistes demeurèrent encore huit
jours à Paris, pendant lesquels ils se rendirent dans
toutes les écoles qui pouvaient les intéresser, et, aussi,
pour une dernière fois à l'exposition.

De retour à Lille, Jean *piocha ferme son bacho* ; il
passa ses examens avec les notes les plus brillantes et,
comme M. Lamotte le lui avait promis, aucune discussion
ne s'éleva plus entre eux.

Quand le moment fut arrivé de conduire son fils adoptif
à Paris et de l'y installer, tout se fit, chez M. Lamotte,
sans aucune récrimination, et ce fut lui, au contraire,
qui reçut mille boutades de Sophie. Elle l'accusa de
vouloir la perte de M. Jean, en l'abandonnant ainsi, tout
seul, dans ce Paris maudit où il n'y avait que des mauvais sujets, des voleurs, des bandits, des gens payés
exprès pour faire d'un jeune homme bien élevé le dernier des vauriens...

— Ah ! le pauvre cher enfant ! s'écriait-elle, en versant
d'abondantes larmes, c'était bien la peine vraiment de
l'avoir ainsi dorloté, soigné, éduqué !... C'était bien la peine

de tant me recommander de lui inculquer les bons principes, de lui faire voir de bons exemples !...

Il en recevrait là des principes !... Il en aurait à Paris
des bons exemples !... Ah ! ouiche !... Au milieu de ces
chenapans des écoles où il s'en passe de belles, il serait

bien vite aussi mauvais qu'eux !... Et le docteur, alors,
aura beau regretter de n'avoir pas écouté ses conseils, à
elle, ce sera trop tard !... C'était vraiment pitié de sacrifier ainsi la vie d'un jeune homme... C'était bien inutile
de la lui avoir sauvée !... Autant valait l'avoir laissé mourir de faim dans la chambre de sa mère !... Et patati ! Et
patata ! Et mille autres choses !

Elle ne tarit pas, la brave Sophie, depuis le jour où elle connut la décision finale, jusqu'au moment où son maître et Jean montèrent en voiture.

Elle voulut les accompagner au chemin de fer, sanglotant, prêchant, s'emportant, et M. Lamotte dut la laisser faire, afin d'éviter de rassembler du monde à la porte de chez lui.

Tout le long du chemin jusqu'à la gare, malgré tout ce que pouvaient lui dire ses maîtres pour la consoler et lui assurer que ce séjour de Jean à Paris était nécessaire à l'avenir du jeune homme, que c'était lui-même qui voulait ce départ ; qu'au contraire, loin de l'abandonner, le docteur avait lutté avec lui pour le garder à ses côtés ; qu'enfin elle pouvait être tranquille sur son sort ; malgré tout cela, Sophie n'avait pas cessé de pleurer, de serrer Jean dans ses bras, de le plaindre, absolument comme s'il eût marché à la mort.

Enfin, ils arrivèrent au chemin de fer.

Jean, un peu impatienté, sauta vivement hors de la voiture et, laissant M. Lamotte le suivre, disparut dans la foule, sans que Sophie ait eu le temps de le rejoindre.

Sur un signe que fit le docteur, en descendant du marchepied et en refermant en toute hâte la portière, Joseph avait fouetté le cheval qui partit tout d'une allure et Sophie fut forcée de demeurer dans la voiture d'où elle n'aurait pu tenter de sortir qu'en exposant sa vie.

Aussi le pauvre Joseph n'eut qu'à se bien tenir en rentrant pour faire face à la colère de sa femme. Il avait espéré y échapper en demeurant très longtemps à l'écurie pour panser son cheval ; mais Sophie, qui avait besoin de s'épancher, alla bientôt l'y rejoindre, et le pauvre garçon dut subir patiemment la crise et laisser passer l'orage, sans répondre, sans se plaindre, sans même essayer de calmer cette mauvaise humeur que de bonnes paroles n'auraient fait peut-être qu'aviver.

Quand Sophie ne trouva plus rien à dire, elle finit par se taire et alla se mettre à son travail.

Le docteur et Jean arrivèrent à Paris.

M. Lamotte loua à son fils adoptif une chambre spacieuse, bien aérée et confortable sur le boulevard Saint-Michel, de façon qu'il fût placé à proximité des écoles qu'il voulait suivre; puis, lui ayant donné les derniers conseils qu'un père doit à son fils livré à lui-même pour entreprendre une carrière, il retourna à Lille, le cœur gonflé, mais l'esprit convaincu que Jean ferait son devoir.

V

Jean ne perdit pas une heure, pas une minute, pour se mettre au travail. Il alla d'un cours à l'autre avec un courage, une énergie sans pareils, n'ayant qu'une seule préoccupation, qu'un seul but : tenir le programme qu'il s'était tracé lui-même, être en même temps, avant quatre ans, ingénieur et docteur.

Travaillant sans relâche, ne fréquentant pas les groupes d'étudiants, n'allant jamais au café, il passait dans le quartier pour un *loup*, pour un *taciturne*.

Dans les premiers temps, les écoliers se moquaient de lui, on le raillait, on lui faisait des taquineries qui, certes, eussent fâché plus d'un autre ; mais lui, résolu à tout supporter, à ne pas se départir des projets qu'il avait conçus, dédaignait les railleries, déjouait par son sang-froid et sa patience les petites trames mesquines qu'il voyait s'ourdir contre lui, et continuait à suivre son chemin bravement, sans forfanterie, si bien qu'au bout de quelques mois, les railleurs se turent, les farceurs cessèrent leurs farces, et à leur place surgirent bientôt les admirateurs de sa conduite exemplaire, de son intelligence exceptionnelle et de ses progrès hâtifs. On le cita, on le désigna à l'attention des professeurs et chacun le respecta à l'égal d'un maître.

Pour ne rien perdre pendant les vacances, au lieu d'aller les passer à Lille, il priait M. Lamotte de venir lui sacrifier quelques jours à Paris, ce qui lui permettait de continuer à étudier la mécanique avec le professeur du cours qu'il suivait, celui-ci étant retenu dans la capitale par des occupations particulières, et, quant à la médecine et la chirurgie, il suivait les leçons des professeurs des hôpitaux avec le docteur.

Dès les premières vacances, son père adoptif put être assuré que Jean serait capable de réussir dans son double but ; mais il craignit que la santé du jeune homme n'en souffrît et il essaya de nouveau de l'en détourner.

Ses efforts furent inutiles. Jean ne se rendrait pas, cela dût-il lui coûter la vie.

Quant à Sophie, elle avait compté et décompté les jours qui avaient séparé le départ de son jeune maître, du jour où il viendrait en vacances, et dès qu'elle apprit qu'il passerait ce temps à Paris, elle lui écrivit lettre sur lettre dans le genre de celle-ci :

Mon cher Monsieur Jean,

C'est-y bien possible que vous n'allez pas venir à Lille, passer vos vacances à la maison ?... Je ne peux pas le croire... Et cependant Monsieur me le dit ; donc c'est la vérité !... Ainsi cet abominable Paris vous a déjà changé à ce point-là !... Vous vous moquez pas mal à présent de votre vieille Sophie, n'est-ce pas ?... et de votre petite maison aussi ?... Vous vivez dans des palais... vous mangez des choses extraordinaires... Vous vous éclairez chez vous avec des lumières *électriques* qui font le clair de lune... Vous vous plaisez mieux au milieu de tout ça !... Ah ! qu'est-ce qui aurait dit, quand je vous endormais

sur mes genoux, quand je débarbouillais vos petites joues
toutes poissées par les tartines de confiture que je vous
donnais, qu'est-ce qui eût dit que vous seriez si ingrat ?...
Ne pas même venir voir Sophie, pendant les vacances !...
Vilain Monsieur Jean !... Moi qui me promettais si bien
de vous faire de bonnes choses et de ne pas bougonner
une seule fois !... Ah ! elles seront jolies les vacances ici
sans vous et, pendant plusieurs jours, sans Monsieur,
puisqu'il doit aller vous trouver !... Allez, amusez-vous
bien, devenez un bandit comme vos amis, ça m'est bien
égal à présent, je ne vous aime plus et vous n'avez plus
besoin de moi !... Dieu veuille que vous n'ayez pas ma
mort à vous reprocher ; ah ! non pas que je vous regrette
tant ; mon Dieu, non ; mais parce que... enfin, parce que,
c'est bête, parce que je m'ennuie... sans vous, et que
l'ennui, on dit que ça fait mourir !...

Méchant Monsieur Jean !

Votre toute dévouée tout de même,

SOPHIE.

Ces lettres se succédèrent pendant cinq ou six jours
après l'arrivée de M. Lamotte chez Jean, et le septième
jour, le matin de très bonne heure, la concierge du jeune
homme vint frapper à sa porte et lui annoncer qu'une
dame d'un certain âge, portant le bonnet breton, demandait si elle pouvait monter chez M. Mallez.

— Une dame ! fit Jean, en déposant sa plume, car il
était déjà au travail.

— Oui, monsieur.

— Une dame ! répéta M. Lamotte qui était couché dans
le cabinet à côté, dont la porte était ouverte, car Jean
avait voulu que « son père » logeât chez lui.

— Ce doit être une plaisanterie que me fait un camarade ! fit Jean.

— Veux-tu parier que c'est Sophie qui nous arrive ? s'écria tout à coup le docteur, en sautant hors de son lit.

— Oh ! non, père !...

— Elle en est bien çapable !... Je la connais mieux que toi !... Elle se sera mis cela dans la tête... et puis, en route.

— Joseph l'en aurait empêchée.

— Est-ce que Joseph ou moi-même avons jamais pu l'empêcher de faire ce qu'elle voulait ?

— Comment est-elle, cette dame ? demanda Jean à la concierge.

— Elle peut avoir une soixantaine d'années ; elle est assez forte, pas grande, elle a des cheveux à peu près blancs, de grands yeux noirs...

— C'est bien cela ! fit M. Lamotte du cabinet où il s'était mis à faire sa toilette.

— Eh bien, faites-la monter, n'est-ce pas, père ? fit Jean.

— Bien, Monsieur.

Et la concierge descendit, laissant le père et le fils absolument ébaubis d'une telle surprise.

Dix secondes après, Sophie se présentait devant ses maîtres et sautait au cou de Jean qu'elle serrait à l'étrangler.

— Ah ! ça, Sophie, est-ce que vous êtes devenue folle ? demanda M. Lamotte à sa servante.

— Folle !... Peut-être bien, monsieur, répondit-elle ; alors, je serais folle d'ennui !... Si vous croyez que je m'amuse, là-bas, toute seule... sans personne à qui parler...

— Eh bien, et Joseph ?

— Joseph... Joseph... c'est mon mari... ce n'est pas la même chose...

— Il vous a laissée partir comme cela ?

Dix secondes après, Sophie sautait au cou de Jean... (page 76).

— Tiens... j'aurais bien voulu voir qu'il m'en eût empêchée !...

— A ton âge, Sophie, toi qui n'avais jamais voyagé, ce n'est pas prudent ! fit Jean.

— A mon âge !... A mon âge !... Je n'ai pas cent ans !... Et quel danger y a-t-il, monsieur Jean?... J'ai trouvé ça charmant... Si je n'avais pas été si pressée d'arriver, ça m'aurait beaucoup amusée !...

— Arriver, pourquoi faire?... fit le docteur.

— Dame ! pour embrasser notre fils donc !... pour le voir !... C'est-y pas une raison suffisante?...

— Sans doute, c'est une raison, ma bonne Sophie, reprit Jean ; mais pense donc combien ton caprice va coûter d'argent à père : ton voyage aller et retour, d'abord, et, comme tu serais trop fatiguée pour repartir aujourd'hui, il va falloir que tu prennes une chambre dans un hôtel, et, enfin, les menues dépenses...

— Ah ! ça, est-ce que vous vous figurez que je veux que tout ça soit au compte de Monsieur?... Pas du tout !... C'est à mon propre compte... J'ai assez d'économies pour me payer ce petit voyage d'agrément... Ah ! monsieur Jean, si vous saviez comme je suis contente de vous voir si beau, si bien portant, et devenu tout à fait un homme, vous ne me parleriez pas de ces bêtises d'argent... c'est si peu de chose, l'argent, à côté des choses du cœur !... et vous savez, quoique je ne sois qu'une servante, j'en ai un, de cœur, et un fameux... et qui vous aime bien... car, enfin, si vous êtes le fils de Monsieur, vous êtes bien un petit peu le mien aussi...

Et la bonne vieille Sophie, avec une exubérance de gestes et de paroles peu commune à son âge, redisait à Jean les soins qu'elle lui avait prodigués, les pleurs qu'elle avait versés, les inquiétudes qu'elle avait subies lorsque, enfant, il avait été malade ; elle éprouvait le besoin de raviver l'amitié que son « cher enfant » lui avait témoignée pendant les quinze années passées, dans la crainte que cette amitié ne lui fût enlevée par l'absence.

Tout en causant, elle s'était assise, comme si elle eût été à Lille, dans la chambre de Jean, sans façon, à son aise, fixant toujours ses yeux sur le visage du jeune homme, dans une admiration naïve.

— Il est encore plus joli maintenant avec ses moustaches, n'est-ce pas, monsieur ? disait-elle en questionnant M. Lamotte.

— Qu'il soit joli, c'est bien, répondit le docteur ; mais ce qui est mieux, c'est qu'il est savant, qu'il travaille ferme et qu'il est cité dans les écoles comme le meilleur sujet de tous les étudiants...

— Alors, il sera bientôt docteur et ingénieur... et il reviendra à la maison ? demanda Sophie.

— Comme tu y vas !... Oui... dans trois ou quatre ans... et encore, si je réussissais d'emblée ! fit le jeune homme.

— Trois ou quatre ans !... Bonté du ciel !... Mais je serai morte avant !...

— Oh ! que non, ma vieille Sophie, tu es solide.

M. Lamotte avait sonné le garçon de la maison meublée et lui demanda trois chocolats.

Sophie l'avait écouté et regardé faire.

Quand le garçon fut sorti, elle se leva.

— Mais je vais aller vous préparer ça à la cuisine, monsieur, dit-elle, ce sera meilleur que fait par cet homme-là !

Jean lui expliqua que cela ne pouvait être.

— Je vais toujours faire le mien, répliqua-t-elle ; car je suppose que si Monsieur en a commandé trois, c'est qu'il y en a un pour moi ; je ne veux pas qu'on me serve

comme une dame ; et puis, d'ailleurs, il faut toujours que
je descende à la cuisine pour le manger.

Il fallut encore lui donner des explications, et quand
M. Lamotte lui dit qu'elle le prendrait avec lui et Jean
dans cette chambre, elle jeta les hauts cris.

— Moi, manger à la table de mes maîtres !... Oh ! non,
c'est impossible !... Un tel honneur !... Est-ce que Monsieur ne se moque pas de moi ?

— On ne se moque jamais d'une vaillante et honnête
femme comme vous, Sophie, dit M. Lamotte.

Le garçon entrait et venait poser sur la table, où, d'a-
bord, il avait placé une serviette déployée, le plateau avec
les trois tasses de chocolat fumant et des croissants
beurrés.

— Est-ce tout ce qu'il faut à ces Messieurs ? demanda-
t-il ensuite.

— Montez, en outre, une tranche de jambon fumé pour
Madame, dit le docteur.

— Pour moi !... Ah ! mais non !... Je ne souffrirai pas...

Jean prit la main de Sophie et la pressa, en lui faisant
signe de se taire.

Elle obéit, sans comprendre pourquoi.

La bonne vieille ne pouvait admettre que son maître
eût de telles prévenances pour elle, une domestique.

— Faites ce que je vous dis, répéta sévèrement M. Lamotte au garçon qui s'était arrêté pour écouter les
paroles de Sophie et qui en souriait narquoisement.

La servante, dès la sortie du garçon, voulut se récrier
de nouveau, mais le docteur, lui frappant doucement sur
l'épaule :

— Allons, allons, le chocolat va refroidir, dit-il, asseyez-
vous et mangez ; le voyage doit vous avoir donné de
l'appétit.

— Manger !... manger, grommela Sophie en se tournant et se retournant sur sa chaise avec embarras ; manger... comme c'est commode à dire !...

M. Lamotte et Jean se regardaient en souriant.

La servante avait pris sa tasse dans ses mains, l'avait posée sur ses genoux, pensant ainsi lever le scrupule qu'elle se faisait de manger à la table des maîtres.

Dans son embarras, elle fit un faux mouvement et le chocolat se renversa sur elle et sur le parquet.

— Là, vous voyez,... voilà ce que c'est de me faire faire ce que je ne veux pas !... Vous voilà bien attrapés... maintenant !... s'écria-t-elle d'un accent de colère et aussi de souffrance, car le liquide très chaud, pénétrant aussitôt à travers ses vêtements, lui brûlait les jambes.

— Ma pauvre Sophie ! criaient en même temps le docteur et Jean ; ma pauvre Sophie, tu t'es brûlée ?...

— Non, non... ce ne sera rien !... c'est seulement un peu chaud, fit-elle ; le pire, c'est le tapis !

Et, malgré le mal qu'elle éprouvait, elle allait se mettre en mesure de ramasser avec sa serviette le chocolat qui était à terre.

— Laissez cela... Il faut vous soigner avant tout ! dit le docteur. Sonne ! fit-il à Jean, et vous, Sophie, passez dans ce cabinet que je voie ces brûlures...

Sophie qui souffrait réellement et dont les vêtements mouillés, en se collant sur les parties brûlées, la gênaient beaucoup, suivit M. Lamotte sans mot dire, tandis que le garçon pénétrait dans la chambre.

Le docteur fit une prescription sur une feuille de papier qu'il déchira de son portefeuille et la remit au garçon avec une pièce de monnaie.

— Allez me chercher cela, très vivement, chez le pharmacien, lui dit-il.

Puis il suivit Sophie dans le cabinet.

— Je vais envoyer éponger le tapis, dit le garçon à Jean en sortant.

Le jeune homme était anxieux de connaître le degré de gravité des brûlures.

— Pauvre Sophie, se disait-il, elle est victime du grand respect qu'elle professe pour ses maîtres !

Il interrogea M. Lamotte à travers la porte entrebâillée.

— Est-ce grave, père ? demanda-t-il.

— Non, heureusement ; brûlure légère, l'épiderme est seul atteint... Elle devra cependant garder le lit... Il faut donc que nous prenions des mesures en conséquence.

— Ah ! mon Dieu !... mon Dieu ! geignait Sophie ; vous donner toute cette peine !... Pardonnez-moi, monsieur !... Envoyez-moi à l'hôpital... je ne veux pas vous embarrasser... Ce sera bien fait pour ma maladresse !..

La brave femme, on le voit, ne se plaignait pas de son mal ; elle n'était préoccupée que de l'embarras qu'elle causait.

Lorsqu'on lui eut apporté le médicament qu'il avait fait chercher, le docteur fit coucher sa servante, et commença le pansement.

— Puis-je vous aider, père ? lui cria Jean.

— Oui, ce sera terminé plus tôt.

Quand le pansement fut achevé :

— Maintenant, monsieur, dit Sophie, vous allez me faire transporter à l'hôpital le plus proche... car je ne peux pas rester ici ?...

— Non, non, ma bonne Sophie, fit Jean, nous allons nous arranger... C'est moi qui veux te soigner... tu seras ma première malade... Il y a, je le sais, une chambre vacante à côté de la mienne, père la prendra ; il sera même plus confortablement qu'ici, et tu resteras où tu es.

— Ah ! monsieur Jean, mon cher enfant, que vous êtes bon !... Et comme je vous demande pardon à tous les deux de ce dont je suis cause... Mais je n'y tenais plus... il fallait que je vous voie... Dame !... Depuis vingt ans que monsieur Jean était avec moi !... C'était dur, tout à coup !... Il ne faut pas m'en vouloir, allez !...

Bref, l'installation fut faite. M. Lamotte prit posses-sion de la chambre voisine et Sophie séjourna dans le cabinet, à sa grande joie ; car ainsi, elle serait auprès de son « cher enfant ».

Cet état de choses fut cause que le docteur demeura à Paris plus longtemps qu'il ne l'avait projeté.

Fort heureusement, il n'avait en ce moment-là aucune maladie grave qui le réclamait à Lille, et il put sans in-convénient se faire remplacer par un confrère.

Sophie fut bientôt en état de marcher. Elle avait presque chaque jour reçu des lettres de son mari qui lui disait combien, lui aussi, s'ennuyait sans elle.

On lui avait laissé ignorer l'accident et il était du moins tranquille sur le compte de sa femme.

Enfin, Sophie fut guérie. Elle retourna à Lille avec M. Lamotte, promettant bien à son cher monsieur Jean qu'elle ne viendrait jamais lui occasionner de tels soucis ; mais lui faisant promettre, de son côté, qu'il irait la voir aux vacances prochaines.

Jean regagna le temps perdu et reprit ses études avec acharnement, voulant plus que jamais prouver à son père qu'il n'aurait pas à regretter d'avoir consenti à le laisser agir à sa guise.

Tout alla au gré de l'étudiant et à celui du docteur.

Jean ayant accompli son volontariat, les examens

s'étaient succédé d'année en année et il avait été victo-
rieux de toutes parts.

Le dernier brevet qui lui restait à conquérir fut celui
d'ingénieur.

Il lui coûta bien des déboires, bien des peines, bien des
nuits d'insomnie et une grande partie de sa santé, à cause
des difficultés sans nombre que le jeune homme avait

à surmonter par le peu de temps que lui laissaient les
études du doctorat ; mais Jean s'était juré qu'il le
posséderait, dût-il y laisser sa vie ; son amour-propre,
son orgueil étaient en jeu.

Aussi, avec quelle ivresse, avec quel délire, accourut-il
chez « son père », tenant à la main ce diplôme tant con-
voité et si victorieusement conquis.

— Le voici ! s'écria-t-il en arrivant, le voici !... Je le
tiens !... Je n'ai pas forfait à ma parole !... Maintenant, père,
vous pouvez faire de moi ce que vous voulez... médecin
ou ingénieur, je saurai remplir noblement ma tâche, je
saurai me faire distinguer, non pas pour mon propre

honneur, mais bien pour le vôtre!... C'est grâce à vous que je suis parvenu là, et je vous dois au moins de prouver au monde ce que vous avez su faire d'un pauvre enfant d'ouvrier qui se trouvait sans pain et sans asile !...

— Comme je l'ai pratiqué jusqu'ici, mon cher Jean, répondit le docteur, je te donne le choix entre les deux carrières que tu t'es ouvertes; tu embrasseras celle qui te plaît le mieux.

— Père, fit Jean, en se jetant dans les bras de M. Lamotte, vous m'avez permis de combler mes vœux en me laissant obtenir le titre que j'ambitionnais, qu'aurait peut-être porté mon véritable père, si Dieu lui eût laissé la vie ; je suis ingénieur, comme il l'aurait été, mais je serai médecin comme vous l'êtes, pour vous rendre hommage ; et je porterai, si vous le voulez bien, le double nom de docteur Mallez-Lamotte.

Une étreinte affectueuse mettait fin à ce dialogue ému, tandis que de douces larmes inondaient les joues de Sophie et de Joseph qui assistaient à cette entrevue touchante.

Ce jour-là, peut-être le premier de sa vie, Sophie ne *bougonna* pas. Elle approuva tout ce qui fut dit et fait ; et, le soir, lorsqu'après le dîner, M. Lamotte la fit s'asseoir à table, pour prendre le café entre lui et Jean, le contentement de la brave femme fut si extrême qu'elle faillit se trouver mal.

— Mes chers amis, dit M. Lamotte à ses vieux serviteurs, voici ce que j'ai résolu aujourd'hui même. Vous êtes âgés et, malgré tout votre bon vouloir, il est temps que vous vous retiriez du service...

— Ah! monsieur... voulut interrompre Sophie.

— ... Chut! fit le docteur, laissez-moi terminer ce que

je veux vous dire. Vous allez vous reposer, prendre votre retraite, vous l'avez bien méritée. En conséquence, je vous constitue une rente de mille francs qui viendra se joindre à vos économies et vous donnera un peu d'aisance...

— Non... non... recommença la servante.

— Sophie, je vais vous mettre à l'amende, reprit le docteur en souriant, je n'ai pas fini... Je désire en outre, continua-t-il, que vous habitiez le petit pavillon situé au fond du jardin, où vous pourrez encore vivre, pour ainsi dire, de notre vie, et d'où vous pourrez voir, chaque jour, « votre cher enfant ».

— Monsieur... Monsieur... cria Sophie, débordant enfin, vous voulez donc nous faire mourir de joie !...

Et quittant sa place, au comble de l'enthousiasme, levant de grands bras, riant et pleurant à la fois, elle alla embrasser tour à tour, et Jean, et le docteur.

Quelques jours après, un jeune couple venait remplacer l'ancien à la cuisine et à l'écurie ; puis, Joseph et sa femme prenaient possession du pavillon aménagé par les soins du chef de la maison.

Six mois plus tard, Jean, que son père adoptif avait voulu laisser se reposer de ses fatigues, le suivait chaque jour chez ses malades pour se faire connaître d'eux, et apprenait, en même temps, la façon de les traiter.

Peu à peu, M. Lamotte se fit remplacer par le jeune docteur et se sentant, lui aussi, bien fatigué et bien vieux, il lui céda bientôt complètement la place.

Il y avait quatre ans que Jean exerçait la médecine et la chirurgie, quand une épidémie de fièvre typhoïde se déclara à Lille.

Le docteur Mallez-Lamotte se multiplia.

C'était surtout parmi la classe ouvrière, les tisserands,

les filateurs, les tullistes, les dentelières que le fléau sévissait.

Le savant praticien leur prodigua sa science, ses soins, avec un dévouement sans bornes et tout à fait gratuitement.

Le bruit de ses cures se propagea d'abord à Lille et dans les environs ; puis, par la voie des journaux, arriva à Paris, jusqu'au ministre.

Le jeune médecin fut nommé chevalier de la Légion d'honneur.

On était à quelques jours de la Saint-Sylvestre. M. Lamotte décida que l'on fêterait cet heureux événement au souper annuel, auquel, pour cette fois, on inviterait quelques autres convives, avec MM. Hubert, Roland et de Cerny, qui n'avaient pas délaissé ces petites réunions de chaque 31 décembre.

Sophie et Joseph voulurent venir joindre leurs services à ceux des domestiques qui, disait la brave femme, seraient insuffisants.

Vers neuf heures, au moment où l'on venait de porter un toast au nouveau chevalier, Sophie entra, suivie de Joseph, dans la salle à manger. Elle tenait sur un coussin un petit écrin, et se dirigea vers Jean.

M. Lamotte, un peu étonné, lui demanda avec bienveillance ce qu'elle voulait.

— Ce que je veux, répondit-elle, c'est, d'abord, demander pardon à l'honorable société de venir la déranger ; mais ce que je viens faire, c'est, comme il y a vingt-sept ans, apporter les étrennes du docteur, non plus du docteur Lamotte, mais de celui qui fut lui-même, à cette époque, ses étrennes : de son fils adoptif, le docteur Mallez-Lamotte.

Et se penchant vers Jean, elle tira de l'écrin une mi-

gnonne petite croix de la Légion d'honneur, ornée de
minuscules diamants, qu'elle attacha toute rayonnante
sur la poitrine du jeune médecin qui, ému jusqu'aux
larmes, l'embrassa fiévreusement.

— Promettez-moi, monsieur le docteur Jean, dit-elle, de

la porter sur votre habit, lorsque vous irez aux grandes
réceptions du préfet et du général.

— Je te le promets, ma bonne Sophie, fit Jean ; et si
tu disparais avant moi, je me souviendrai toujours que
cette petite croix fut le cadeau d'étrennes de celle qui
prit soin de mes jeunes années et qui a droit à tout mon
respect et à ma reconnaissance.

Comme s'il avait attendu que son œuvre fût achevée,

M. Lamotte mourut peu de temps après, laissant sa fortune tout entière à son fils adoptif.

*
* *

Le docteur-ingénieur Lamotte-Mallez vient d'être nommé officier de la Légion d'honneur, comme inventeur d'un moteur à traction complètement nouveau qui a été admiré à l'exposition de Chicago.

LA FÉE DU HAMEAU

LA FÉE DU HAMEAU

I

Dans un hameau de la Beauce si fertile en céréales de toutes les sortes, est situé, sur le sommet d'une colline dominant une ravissante vallée fleurie, une sorte d'ancien castel Louis XIII, gardé pendant l'hiver par un vieux domestique avec sa femme, son fils et sa bru, et où, l'été, vient habiter la famille Roncherolles, composée du père, de la mère et de leur fillette Isaure. M. Roncherolles était un riche manufacturier parvenu à la fortune par son intelligence et son travail, sans s'être servi des moyens malheureusement trop employés aujourd'hui : les accaparements, les spéculations déloyales, les exploitations au détriment des véritables producteurs.

Ce castel avait grand air, mais un air un peu sauvage, grâce à sa haute tour, à ses murs à créneaux lézardés et effrités, à ses brèches béantes où verdissaient les arbustes, à ses marches rompues où poussaient des graminées, à ses toits moussus, à ses meurtrières d'où s'échappaient des plantes pendantes.

Le donjon avait conservé un aspect martial. Il était de forme carrée et construit en belle pierre dure noircie par le temps et les frimas.

La façade présentait au rez-de-chaussée une porte basse surmontée d'armoiries dont le propriétaire actuel, M. Roncherolles, ne connaissait pas les origines.

Les trois étages du donjon n'avaient sur cette façade que deux croisées basses, mais très larges, avec des meneaux pourvus de sculptures représentant des sujets divers.

Les croisées du manoir, semblables à celles du donjon, avaient les mêmes ornements. Il se composait d'un seul étage.

A côté du corps de logis principal étaient plusieurs constructions qui servaient de communs.

L'intérieur du castel, à part une immense pièce qui servait pour les fêtes et les réceptions extraordinaires et qui était superbement décorée, se faisait remarquer par sa simplicité. Il comportait un enchevêtrement de corridors bas, étroits, voûtés, conduisant à de vastes salles d'une hauteur exagérée, avec des cheminées à manteaux si larges et si avancés qu'une famille nombreuse pouvait s'y abriter.

Ces cheminées étaient découpées dans de gigantesques blocs de chêne.

Partout, se voyaient des portes solides, massives, sculptées aussi, des bahuts aux formes diverses enfoncés dans les murs, des coffres semblables aux bahuts et rivés aux planchers ; tout cela avec des ferrures immenses, bizarrement ciselées ; des plaques de cheminée colossales représentant des personnages mythologiques presque de grandeur nature.

M. Roncherolles avait voulu que l'ameublement fût en harmonie avec la construction :

C'étaient des tables, des sièges, des chaises, des fauteuils, des tabourets nombreux en vieux chêne sculptés de toutes parts ; des chenets énormes en fer forgé, des armoires de toutes dimensions aux grandes ferrures étranges ; de grosses lampes et d'immenses suspensions en fer ; des crédences fleurdelisées et à cariatides ; des horloges à sonneries de trompette.

Puis, partout, aux murs, des faisceaux d'armes : couteaux de chasse, rapières, fusils, carabines, arbalètes, mousquets, hallebardes de toutes les époques, entremêlés de faïences à fleurs, de têtes, de ramures de cerfs et de chamois, de trompes de chasse, de cors, de gourdes, de havresacs, de têtes et de peaux de bêtes : lions, loups, tigres, ours, renards, fouines, etc.

Les lits de la famille, comme ceux destinés aux amis, étaient du XVIᵉ siècle : très bas, avec colonnettes torses, cariatides et draperies du temps.

De lourdes tentures de lampa pendaient à toutes les fenêtres à vitraux anciens et à toutes les portes.

Nulle part un objet moderne. On aurait cru vivre, là, dans un siècle éloigné de nous de deux ou trois cents ans.

M. Roncherolles aimait ce milieu sombre et sévère en rapport avec son caractère ; aussi, depuis la naissance de sa fille, c'est-à-dire depuis dix ans, dès que le printemps apparaissait, sans laisser même aux bourgeons le temps de s'ouvrir, au soleil le temps de chauffer l'atmosphère, désertait-il sa ravissante habitation de l'avenue Montaigne à Paris où, là, tout était splendidement moderne et chatoyant, suivant le goût de sa femme, pour accourir dans la Beauce et y passer huit ou neuf mois de l'année.

Ce manoir avait eu autrefois sa légende que les vieillards du hameau racontaient encore, le soir, à la veillée et qu'ils tenaient, disaient-ils, de leurs aieux.

Du temps des fées, l'une d'elles, la fée Gentille, avait eu le domaine comme abri et protégeait le pays, lorsque la misère ou la maladie s'abattaient dans la vallée. Elle pénétrait, invisible, dans les chaumières frappées par le mal et y versait ses dons et ses bienfaits.

Grâce à elle, bien des mères, bien des enfants, bien des vieillards mourants avaient été rappelés à la vie et avaient retrouvé un peu de bien-être.

Un jour, des bandes de soldats portant des uniformes étrangers avaient envahi la contrée, traînant des canons qui vomissaient du feu, mettant au pillage les champs, les villes et les villages, brûlant les maisons et les chaumières, dispersant les habitants et chassant les propriétaires du castel.

Quand tout reprit son calme habituel, on constata que la fée avait disparu, car nulle part, aucun de ses dons, aucun de ses bienfaits ne fut plus signalé, et bien des pauvres moururent de besoin, de maladies que les rebouteux ou les médecins ne pouvaient guérir, mais que la fée avait domptées.

Cela avait duré longtemps, longtemps, et, longtemps, longtemps, le castel était resté inhabité, présentant, le soir, au clair de lune, sa silhouette sombre, attristée, dépourvue d'aucune lumière intérieure et effrayant presque les paysans de père en fils, par son aspect sauvage et les cris des oiseaux de proie: chouettes, corbeaux, hiboux, grands-ducs, qui s'étaient logés dans la tour et dans les créneaux.

Enfin, après une ou deux générations, on vit, par un beau matin de printemps, une suite de lourds chariots que traînaient lentement de vigoureux chevaux percherons, traverser la vallée, chargés de meubles ayant des formes bizarres, et montés d'ouvriers appartenant à tous les corps de métiers : menuisiers, charrons, serruriers, tapissiers, sculpteurs, etc., etc.

Ils gravirent la colline et s'arrêtèrent devant le château.

Le soir, lorsque les paysans rentrèrent chez eux, ils purent voir les fenêtres du manoir éclairées.

Les vieux et les enfants restés, pendant la journée, dans les cabanes, racontèrent que les chariots avaient repassé, mais vides des objets qu'ils avaient amenés, et qu'une voiture, une sorte de calèche à la fenêtre de laquelle se penchait un monsieur en habit bleu avec des boutons de cuivre et qui avait une cravate blanche, puis une casquette avec des galons d'or, était montée au castel et n'en était pas redescendue.

Ce monsieur était en compagnie d'un autre monsieur qui portait à peu près le même costume et de deux dames.

Ils semblaient être des domestiques allant prendre possession du castel où ils précédaient leurs maîtres, pour mettre tout en ordre et les y attendre.

En effet, le lendemain matin, un superbe landau amenait ces derniers.

Pendant la première année, les paysans ignorèrent le nom du propriétaire du domaine, bien que le vieux domestique descendît, chaque jour, chez les métayers et les maraîchers du val, pour faire les provisions que ceux-ci allaient porter eux-mêmes *là-haut*, comme ils disaient, où ils étaient payés par une dame qu'ils croyaient être la femme du propriétaire, mais qui était, en réalité, l'institutrice d'Isaure.

Puis, l'hiver arriva; les habitants du castel quittèrent la colline, à l'exception du domestique et de sa famille, qui, le jour du départ, allèrent distribuer aux pauvres, des vêtements, des vivres et de l'argent de la part de leurs maîtres.

L'absence de ces derniers établit un peu plus d'intimité entre Martin, le vieux domestique, et les paysans.

Bientôt, on sut que le propriétaire du castel se nommait M. Roncherolles, qu'il était un riche négociant retiré des affaires, que sa jeune femme était bonne et charitable, que leur petite fille, qui avait dix ans, était une enfant charmante mais d'une santé délicate, et que c'était pour lui faire respirer le bon air que ses parents avaient acheté cette propriété.

II

M. Roncherolles était un homme d'environ cinquante-cinq ans. Il ne s'était marié que tard, après fortune faite, il y avait une douzaine d'années, avec la fille d'un manufacturier enrichi comme lui, et qui n'avait alors que dix-huit ans.

Un an après ce mariage leur naissait la petite Isaure.

Cette enfant chétive et mignonne absorba tellement la pensée de sa mère et nécessita tant de soins que la jeune femme, tout entière à sa fille, n'eut ni le temps ni le désir de vivre de la vie mondaine, de la vie en dehors que lui permettait sa fortune.

C'était, en effet, pour Isaure que Mme Roncherolles avait suivi volontiers son mari, même avant le printemps, dans cette demeure élevée qu'enveloppait un air vivifiant, saturé de la senteur des pins qui s'exhalait de la forêt avoisinante. Cette forêt était située de l'autre côté de la colline, opposé à la vallée.

C'était toujours par là que, tous les jours, la mère et la fille, accompagnées de l'institutrice, faisaient leurs promenades, tandis que M. Roncherolles s'adonnait avec passion au plaisir de la pêche, dans le vaste étang de sa propriété où nageaient des carpes magnifiques qu'il y avait fait transporter.

Il n'était donc pas étonnant qu'Isaure et sa mère ne fussent pas connues dans le hameau du val.

L'hiver passa, et, pour la seconde fois, la famille Roncherolles vint s'installer au castel.

Dès les premiers jours, la gracieuse et charitable femme, mise au courant par les domestiques des souffrances et des misères qui avaient accablé les habitants pauvres du hameau, leur envoya des secours. Les bienfaits, les aumônes tombèrent de ses mains comme une rosée réconfortante, comme un baume réparateur, par l'intermédiaire de Martin.

— Vous remercierez bien la dame, leur disaient les paysans ; mais c'est dommage que nous ne puissions pas la remercier nous-mêmes, au moins nous la connaîtrions... S'il nous était permis de monter au castel, nous remercierons M. Roncherolles qui certainement participe à ce que fait sa femme.

— Je le dirai à Madame, leur répondait Martin, et je suis sûr qu'elle vous permettra d'aller là-haut.

Martin rendit compte de sa mission à Mme Roncherolles et lui rapporta fidèlement le désir qu'avaient exprimé les braves gens.

— Allez dire à ceux qui sont valides qu'ils viennent, répondit-elle, demain, en allant à leur travail ; quant aux malades, j'irai les voir moi-même avec Mlle Lemoine.

Martin exécuta les ordres de sa maîtresse.

Le lendemain, au lever du soleil, neuf ou dix paysans et paysannes aux habits sordides entraient au castel et étaient conduits par Martin dans la pièce où les attendaient Mme Roncherolles, son mari, Isaure et Mlle Le-

moine. La curiosité avait seule attiré ces deux dernières,
à cette heure matinale.

M. Roncherolles, ancien ouvrier lui-même, se souvenait
toujours du temps où il peinait à la journée, pendant
douze heures, pour quatre ou cinq francs par jour. Il
avait été mécanicien et c'était un dur métier.

Ce souvenir lui avait laissé une vive sympathie pour tous les ouvriers en général, et point orgueilleux de la nouvelle situation qu'il avait acquise, peu à peu, par son travail et ses grandes capacités, il s'était toujours montré leur camarade et ne dédaignait même pas à l'heure présente de les traiter comme s'il était resté leur égal. Il causait familièrement avec eux, leur distribuait force poignées de mains, demandait même parfois leur avis et sans aucune vanité, pourtant, se faisait néanmoins respecter.

Sa famille était composée de deux frères et d'une sœur.

Les deux frères habitaient Paris. L'un était serrurier et l'autre menuisier. Ils étaient restés très pauvres.

Quant à la sœur, qui était l'aînée de tous, elle avait épousé un ouvrier maçon toulousain, était allée avec lui habiter Toulouse, et, après la guerre de 1870, M. Roncherolles n'avait plus reçu de nouvelles, ni d'elle, ni de lui.

Le manufacturier soutenait ses deux frères, mariés pauvrement, à des ouvrières, et à la tête chacun de trois enfants.

La famille de Mme Roncherolles était à peu près dans les mêmes conditions, à l'exception de son père qui, lui aussi, devait soutenir ses parents pauvres.

Le propriétaire du castel ayant placé la somme d'argent qu'il voulait donner en dot à Isaure, employait le reste à faire le bien.

Il vivait confortablement, mais sans faste, et ne briguait aucun des honneurs que recherchent les gens arrivés à une position dans laquelle ils ne sont pas nés.

Il s'était dégrossi et instruit par ses propres efforts, mais il avait gardé ses manières et son attitude primitives.

Il était resté un bon garçon, dans toute l'acception du mot.

Les campagnards se trouvant réunis ce matin-là, chez lui, il leur parla ainsi :

— Vous avez voulu me remercier des quelques petits cadeaux que vous a envoyés ma femme, mes amis, leur dit-il, c'est avec plaisir qu'elle et moi nous vous recevons ; au moins, comme vous l'avez dit, vous nous connaîtrez et nous vous connaîtrons ; et puisque vous vous êtes donné la peine de monter ici, je veux vous prouver votre *bienvenue* en vous offrant à chacun un verre de bon vin presque aussi vieux que moi... Martin, apportez-moi quatre bouteilles de bordeaux semblable à celui que je bois ; ces braves gens doivent avoir soif.

Puis, reprenant, en s'adressant de nouveau aux paysans :

— Voyons, mes amis, dites-moi vos noms ? Vous d'abord, là, le plus vieux... Vous avez au moins soixante ans ? fit-il en touchant au bras celui auquel il parlait et qui se tenait presque courbé, tant le travail de la terre avait tordu son échine.

— J'ai cinquante-huit ans, monsieur ; je me nomme Lambelin, j'ai travaillé depuis l'âge de dix ans sans interruption, excepté pendant le temps de mon service militaire. J'ai fait la guerre de Crimée, j'ai été gravement blessé et renvoyé dans mes foyers. Après deux ans de grandes souffrances, j'ai enfin pu me remettre à la charrue ; je n'ai pas eu la force de continuer, je n'étais plus assez valide. J'aurais eu encore besoin de beaucoup de soins pendant six mois ; mais étant seul, je ne pouvais pas me soigner moi-même ; alors, je me suis marié à une brave et forte fille de ferme qui remplit bien ce que j'attendais d'elle. Au bout de huit mois, j'étais sur pied,

aussi solide que je l'avais été, mais en chemin d'être
bientôt père. L'enfant venu, nous peinâmes double tous
les deux ; malheureusement... non, pas malheureuse-

ment... enfin, un second mioche arriva l'année suivante
et ensuite ainsi tous les ans, si bien qu'à cette heure,
nous en avons douze. Oui, juste la douzaine... C'est dur
à élever et à nourrir !... Ce n'est rien quand l'ouvrage ne

chôme pas !... on s'arrange comme on peut... Mais l'année
dernière a été très mauvaise... et cette année-ci se présente de même... Voilà pourquoi, monsieur, nous sommes si pauvres...

— Et vous, fillette, interrogea à son tour Mme Roncherolles en faisant signe à une toute jeune fille de
s'approcher d'elle ; comment vous nommez-vous ?

— Claudine Fugère, madame, répondit la mignonne
enfant de dix ans.

— Que faites-vous, mon enfant ?

— Hélas ! madame, je demande la charité avec grand'-
mère qui est aveugle.

— Vous avez une autre sœur plus âgée que vous d'une
année, n'est-ce pas ?

— Oui, madame ; Jeannette. Elle travaille dans la
ferme du père Granchamp. Elle gagne dix sous par jour
et elle doit apporter sa nourriture.

— Pauvres gens ! avait murmuré Isaure qui, jusque-là,
n'avait pas paru prendre part à ce qui se disait autour
d'elle, occupée qu'elle était à causer avec Mlle Lemoine ;
mais à la voix de Claudine, elle venait de se retourner
pour l'écouter, et l'examina longuement.

Les questions de M. et Mme Roncherolles continuèrent ainsi et tous y répondirent.

Martin était entré, portant les quatre bouteilles deman-
dées ; il les posa sur une table de vieux chêne sculpté,
puis ressortit pour revenir presque aussitôt avec un plateau d'argent ciselé et des verres.

— Versez, Martin, dit Mme Roncherolles à son domestique.

— Oh ! petite mère, s'écria à ce moment Isaure, laisse-
moi verser et présenter moi-même à Claudine et aux
autres le vin que papa leur offre.

— Très volontiers, ma chérie, si ton père le permet, répondit la jeune femme.

M. Roncherolles se contenta de faire un signe d'adhésion en souriant à sa fille.

Isaure, aidée de Mlle Lemoine, remplit les verres, prit en mains le plateau sur lequel ils étaient posés et, s'approchant d'abord de Claudine :

— Prenez, Claudine, dit-elle.

Celle-ci rougit et, en reculant de quelques pas :

— Oh! non, mademoiselle, je n'ai jamais bu de vin, balbutia-t-elle.

— Comment, jamais! fit Isaure, demeurant étonnée.

— Non, mademoiselle, jamais! affirma la petite pauvresse.

— Et vous ne voulez pas boire de celui-ci?... Il est très bon!

— Non... je pourrais ne pas l'aimer et ce serait un verre perdu!

Isaure n'insista pas davantage. Elle continua la besogne commencée, et quand tout le monde fut servi, que tous les verres furent vides, à l'exception de celui destiné à Claudine, Martin la débarrassa du plateau.

Alors, elle retourna vers la jeune paysanne qui s'était mise un peu à l'écart et lui dit à l'oreille, en avançant sa main vers elle :

— A la place du verre de vin, prenez ceci, Claudine, c'est moi qui vous le donne.

Et elle glissa discrètement dans la main de Claudine une pièce de cinq francs qu'elle venait de tirer d'un mignon porte-monnaie.

— Ah! mademoiselle, madame, merci, merci! s'écria la pauvresse, grand'mère sera bien contente!

Et elle s'enfuit en courant, sans attendre ses com-

pagnons qui achevaient leurs remerciements envers
M. Roncherolles.

Isaure était alors allée s'asseoir à côté de Mlle Lemoine, et le groupe des paysans s'étant retiré, M. Roncherolles se leva, sans avoir fait aucune remarque sur
l'incident du verre de vin refusé, et sur le cadeau de la
pièce de monnaie donnée par sa fille, qu'il avait pourtant
vu remettre.

Il quitta la salle, après avoir embrassé sa femme et
Isaure, en disant tout bas à celle-ci :

— C'est bien, mon enfant !...

— Allons-nous sortir en voiture ou à pied, aujour-
d'hui, petite mère ? demanda alors Isaure.

— En voiture, ma chérie ; j'ai dit à Martin que la calèche devrait être attelée pour huit heures.

— Et où irons-nous ?

— Comme tous les jours, dans la forêt ; c'est là que
l'air est le meilleur pour toi.

— Oh ! mère, c'est toujours la même chose... Pourquoi
n'irions-nous pas une fois du côté de la vallée ? Je voudrais bien voir le hameau et les maisonnettes des pauvres qui sortent d'ici... et puis, Martin m'a dit qu'il y
avait là de belles plantes, de jolies fleurs.

— Il n'y en a pas encore, mignonne, nous ne sommes
pas assez avancés en saison, riposta Mme Roncherolles ; nous irons cet été...

— Pourquoi pas tout de suite, petite mère ?... Je voudrais voir la cabane de Claudine.

— Mais je ne sais pas où elle se trouve.

— Martin le sait, puisqu'il y a été ; on pourrait le lui
demander. Ce ne doit pas être bien loin, car Martin n'a
pas mis beaucoup de temps pour y aller.

— Tu t'intéresses donc à ces bons paysans ?

— Sans doute, mère, puisqu'ils sont pauvres ; mais c'est surtout la petite Claudine et sa grand'mère qui me font de la peine... Mendier quand on est si vieille et si jeune, c'est bien triste !... Oh ! mère, allons voir la vieille grand'mère !

— Soit ! Seulement, nous irons à pied, ce n'est pas assez loin pour s'y rendre en voiture ; on voit le hameau d'ici.

Isaure s'élança dehors pour aller questionner Martin.

— C'est une enfant fort bonne et fort charitable, dit, pendant ce temps, Mlle Lemoine à Mme Roncherolles ; vous avez dû voir comme moi, madame, avec quel empressement, avec quel bonheur elle a donné à cette petite Claudine une pièce de monnaie de sa bourse. Elle m'avait dit qu'elle économisait afin de s'acheter une belle boîte de couleurs, et elle a fait le sacrifice d'une partie de cet argent pour accomplir une bonne action.

— Ah ! elle a donné quelque chose à cette paysanne ?... Je n'ai pas vu cela, fit Mme Roncherolles, surprise.

— Elle l'a fait avec une discrétion charmante qui m'a véritablement émue. Faire une bonne action n'est rien, c'est la bien faire qui est tout, et ça a été pour moi un véritable plaisir de voir comment votre chère enfant s'y est prise.

Isaure revenait en gambadant.

— Oh ! maman, c'est tout près d'ici, la cabane de la grand'mère Fugère ! Tiens, regarde, Martin me l'a montrée.

Elle courut ouvrir la fenêtre et y attira Mlle Lemoine, Mme Roncherolles ne s'en approchant pas aussi vite qu'elle le désirait.

— Voyez-vous, mademoiselle, continua-t-elle, là, après ce bouquet d'arbustes, il y a une petite ferme, et puis, la

maison du maraîcher qui nous apporte nos légumes ; eh
bien, comptez, à droite, trois autres chaumières et derrière elles se trouve une cabane !... C'est là !... Et Martin
m'a dit qu'à cette heure on pourrait trouver la grand'-
mère, parce qu'elles ne sortent que vers neuf heures,
Claudine faisant le ménage avant, et préparant la soupe
pour aller la porter à Jeannette.

— Je t'en prie, viens, petite mère, reprit-elle, je voudrais tant aller là-bas !... D'ailleurs, j'ai dit à Martin de
ne pas faire atteler.

Mme Roncherolles et Mlle Lemoine se regardèrent et
sourirent.

— Comment, tu as pris cela sur toi !

— Mais oui, mère, puisque tu as dit que nous irons à
pied.

— Enfin, va te préparer à sortir.

Isaure battit des mains et sauta de joie.

Elle entraîna Mlle Lemoine.

— Vous nous accompagnez, n'est-ce pas, mademoiselle,
dit Mme Roncherolles à l'institutrice.

— Bien, madame.

Et Mme Roncherolles, Isaure et Mlle Lemoine quittèrent le salon pour aller faire leur toilette.

Une demi-heure après, toutes les trois descendirent la
colline et prirent le chemin du hameau.

III

Ainsi que l'avait dit Martin a Isaure, le hameau n'était véritablement pas éloigné du castel.

Dès que l'on était descendu l'on entrait dans la vallée où, après cinq minutes de marche, on arrivait, à travers les nombreux arbustes parfumés, à la petite ferme qui avait été signalée par le vieux domestique.

La femme du fermier était à la porte et, en voyant venir ces trois personnes si bien mises, elle rentra, pour se représenter presque aussitôt suivie de deux femmes de basse-cour, curieuses d'examiner les *belles dames* et la mignonne demoiselle que l'on n'avait jamais vues dans la vallée.

— Bien sûr, ce sont les propriétaires du castel, se disaient-elles en chuchotant.

— Qui c'est-il, des deux, Mme Roncherolles?

— La petite fille, c'est certainement Mamzelle Roncherolles?

— Ma fine, on n'sait pas, puisqu'on n'la connaît point.

C'était un véritable événement que le passage de ces *belles dames* !

Et les commentaires allaient leur train, et les révéren-

ces aussi. Au cas où ce seraient les propriétaires de là-
haut, on voulait quand même leur témoigner le respect
et attirer leur attention, dans l'espoir d'attirer en même
temps leur *pratique*.

Car ce n'était pas à cette petite ferme-là que Martin
achetait les provisions pour ses maîtres, mais à une autre,
un peu plus éloignée, qui était plus grande et où il payait,
disait-il, moins cher. La concurrence et l'intérêt jouaient
donc un rôle principal dans les marques de respect que
l'on prodiguait à Mme Roncherolles et à sa fille.

La jeune femme, qui ignorait ces détails, prit ces révé-
rences pour un hommage et répondit de la main.

La fermière, alors, s'approcha, enhardie par ce mouvement familier.

— Si Mesdames et Mademoiselle voulaient bien me
faire l'honneur de venir boire une tasse de lait chaud que
je ferais traire pour elles à *la blanche*, ça me ferait bien
grand plaisir, dit la paysanne.

— Oh ! maman, du lait tout chaud, trait devant nous !
s'écria Isaure.

Et elle prenait les mains de sa mère en la priant du
regard.

Ce geste d'enfant désigna aux paysannes laquelle des
deux dames était Mme Roncherolles et, dès lors, étant
tirées de leur incertitude, elles lui prodiguèrent mille
félicitations de bienvenue et toute espèce de protesta-
tions de dévouement.

Isaure insistant, la jeune femme se laissa faire et, pré-
cédée du cortège champêtre, elle entra dans la ferme avec
Isaure et Mlle Lemoine.

Vingt têtes se montrèrent aux portes, aux fenêtres,
aux issues donnant vers le potager, aux étables, aux
vergers, partout enfin : jeunes filles, garçons de ferme,

jardiniers, vachères, gardeuses d'oies et de chèvres.

Tout ce monde-là, quittant son travail pour venir voir les visiteuses, fut bientôt groupé autour de Mme Roncherolles et de ses compagnes.

La fermière conduisit ses hôtes dans la laiterie éclatante de propreté, où reluisaient des brocs et des gobe-

lets de fer-blanc, de grandes jarres et des seaux de même métal, posés en rangs sur des tables de bois d'une blancheur immaculée.

Elle fit avancer des tabourets à trois pieds, aussi blancs que les tables, et commanda à l'une des servantes d'aller chercher *la blanche*, qui devait déjà être en prairie, et de l'amener dans la cour pour lui prendre, devant *les belles dames*, trois grandes tasses de lait.

— Oh ! madame, fit Isaure, si vous vouliez bien, nous irions avec la servante pour voir traire la vache dans la prairie... j'aimerais mieux cela.

— Comme vous voudrez, ma bonne demoiselle, répondit la fermière ; je faisais ça afin que ce soit plus commóde pour vous.

— Justement que j'nai pas encore trait *la blanche* c'matin, la patronne, elle doit être impatiente, et elle ne se l'aiss'rait peut-être point conduire ici, fit la servante.

— Alors nous allons nous rendre à la prairie, répliqua Mme Roncherolles, et nous accepterons avec plaisir votre tasse de lait en plein air.

La fermière, marchant devant pour montrer le chemin et ayant à côté d'elle la servante, munie d'un seau et de gobelets, fit traverser aux visiteuses la cour, le potager, le verger, pour arriver enfin dans la prairie où quatre vaches bien grasses broutaient une herbe déjà épaisse et fine.

— Hé ! *la blanche* ! cria la servante, me v'là, ma fille !... J't'ai point oubliée, va !... C'est ton tour !... Un peu en retard... mais y a pas de ma faute !... Allons, viens, ma belle !... Fais voir comme t'es obéissante !...

La vache blanche tourna vers les arrivantes, qui continuaient à marcher, sa belle tête aux narines roses et accourut en beuglant, comme si elle répondait à l'appel de la servante.

Celle-ci alla prendre près de la haie un tabouret pareil à ceux de la laiterie, retira du seau les trois gobelets d'étain reluisant comme de l'argent qu'elle déposa sur l'herbe pour placer son seau à côté d'elle, planta solidement son tabouret en terre, s'y assit, appela de nouveau la vache qui vint se ranger devant elle ; alors, elle prit l'un des gobelets, le présenta au pis de l'animal et fit

Hé! la blanche, cria la servante... (page 114).

tomber le lait crémeux et fumant dans le gobelet qu'elle remit tout débordant à Mme Roncherolles.

Elle en fit autant pour Mlle Lemoine et pour Isaure.

Celle-ci ayant bu, voulut, en enfant espiègle qu'elle était, remplir une seconde fois son gobelet, mais elle-même.

Elle s'avançait sous la vache au moment où la fermière lui criait :

— Prenez garde à la  bouse, Mademoiselle.

Il était trop tard : Isaure venait de plonger ses deux pieds dans un énorme pâté de cette matière, encore fraîche, l'un des plus grands désagréments d'une promenade en prairie.

On arriva à la buanderie où il fallut procéder au nettoyage des bottines et des bas de la fillette.

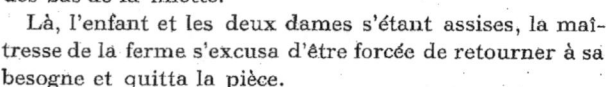

Là, l'enfant et les deux dames s'étant assises, la maîtresse de la ferme s'excusa d'être forcée de retourner à sa besogne et quitta la pièce.

— C'est bien ennuyeux de nous voir retardées ainsi, fit Isaure ; Claudine et la grand'mère vont être parties ; nous aurons fait une route inutile !

— Tu ne peux t'en prendre qu'à toi-même, répondit Mme Roncherolles.

— Lorsqu'on est dans une prairie, ma mignonne, il faut toujours regarder où l'on marche, ajouta Mlle Lemoine ; sans cela, l'on risque de subir ces petits accidents fort désagréables, vous le voyez.

— On pourrait bien balayer, il me semble ! objecta Isaure avec mauvaise humeur.

— Balayer les prairies ! fit Mme Roncherolles en riant.

— Tiens !... On balaie bien les rues !

— Les pavés et l'herbe, cela fait deux, fit Mme Roncherolles ; les pavés supportent volontiers le frottement dur du balai, tandis que l'herbe serait bien vite arrachée et mise en mille pièces ; alors de quoi nourrirait-on les bestiaux ?

— Du foin, donc, petite mère !

— Chère enfant, interrompit Mlle Lemoine, ne vous ai-je pas dit bien souvent déjà que le foin était de l'herbe séchée ?

— Ah ! oui, c'est vrai ! s'écria Isaure étourdiment.

Puis changeant subitement d'idée :

— Ah ! qu'elles mettent longtemps pour laver une paire de bas !... J'aurais préféré passer ce temps-là à visiter la basse-cour et le potager, fit-elle.

— Sans chaussures ? demanda Mme Roncherolles.

— C'est encore vrai ! Je suis décidément bien bête aujourd'hui ! répliqua la fillette de plus en plus de mauvaise humeur, en pensant que probablement elle ne verrait pas Claudine et sa grand'mère.

Au même moment, devant la fenêtre ouverte de la salle basse où se trouvaient les visiteuses et qui donnait sur le chemin, deux têtes se montrèrent.

— Ah ! Claudine ! s'écria Isaure qui faisait face à la fenêtre.

— Où donc ? dirent Mme Roncherolles et Mlle Lemoine qui lui tournaient le dos.

Mais sans répondre à cette question, Isaure avait quitté sa chaise et, traînant la couverture sous ses pieds, s'était élancée vers la croisée.

— La charité, s'il vous plaît, avait murmuré la vieille en se sentant arrêtée et sans savoir à qui elle s'adressait.

Grande, encore très droite malgré son grand âge (elle paraissait avoir soixante-dix ans), les cheveux complète- ment blancs, à demi cachés par une cornette de couleur, le teint basané, le visage excessivement ridé, de grands yeux bleus au regard fixe qui ne voyaient plus rien, tel était le portrait de l'aïeule de la fillette qu'Isaure avait secourue le matin.

— Ah! c'est la demoiselle de là-haut! dit toute rou- gissante la petite paysanne, honteuse de se retrouver mendiant devant sa bienfaitrice.

— La demoiselle de là-haut! répéta la vieille.

— Oui, c'est moi, grand'mère, fit Isaure ; je suis bien contente de vous voir... nous allions chez vous...

— Chez moi!

— Oui... nous y serions déjà, si nous ne devions pas attendre ici... Entrez, grand'mère, vous nous conduirez à votre cabane... Nous allons repartir de suite...

— Isaure !..: Isaure !... appelèrent successivement Mlle Lemoine et Mme Roncherolles, voici tes chaussures !

La servante qui s'était chargée du nettoyage et du lessivage des objets en question les rapportait, en effet, dans leur état normal.

Isaure quitta la fenêtre dont les deux dames s'étaient approchées et se mit en devoir de se chausser, tout en criant :

— Petite mère, Mademoiselle, retenez grand'mère et Claudine pour qu'elles viennent avec nous à leur cabane.

La vieille et la petite fille allaient se retirer :

— Attendez, ma bonne vieille, dit Mme Roncherolles à la mendiante avec une grande pitié, ma fille désire vous accompagner chez vous.

— Grand'mère, intervint Claudine, c'est la dame du Castel qui vous parle !

— Ah !... la dame du Castel !... la mère de la petite demoiselle !... Oh ! madame, comme je vous remercie de vos bienfaits ! fit la pauvresse ; je voudrais bien pouvoir

retourner à la cabane avec vous, mais c'est impossible, il faut que nous soyons tout à l'heure auprès de Jeannette pour lui donner sa soupe... Vous voyez, Claudine la tient là... et puis, après, il nous faut trouver pour manger ce soir... car ce que la demoiselle a donné tantôt doit être remis au propriétaire qui veut nous chasser... C'est un miracle que l'arrivée de cette pièce de cinq francs ; sans elle, nous coucherions dehors cette nuit.

Isaure s'était hâtée et était prête à repartir.

— Ça y est ! s'écria-t-elle, attendez, grand'mère !

La fermière, prévenue que le mal était réparé, arrivait dans la salle, au moment où Isaure, d'un bond rapide, s'élançait par la fenêtre très basse, sur le chemin, et arrêtait par les bras la vieille mendiante et Claudine.

— Écoutez, leur dit-elle ; si maman veut bien et vous aussi, Claudine ira porter la soupe à Jeannette et grand'mère viendra avec nous. Dis, maman, n'est-ce pas que tu veux bien? c'est moi qui conduirai grand'mère par la main.

— Vous, mamzelle, conduire la pauvre Mélie ! Que dirait-on dans le val? fit la vieille.

— Ce ne serait pas là une question d'impossibilité, intervint Mme Roncherolles, mais cela pourrait ne pas vous convenir à vous, ma pauvre femme.

Tout en parlant, la dame prenait quelques pièces de menue monnaie et les donna à la servante qui s'était occupée de mettre les objets d'Isaure en état.

— Oh ! que si, ça vous va, n'est-ce pas, grand'mère ?... Me voilà partie chez Jeannette ! fit Claudine.

— Il paraît que ce sont les petites filles qui commandent maintenant !... Allons, madame, faut obéir aux enfants !... Si vraiment ça n'vous déplaît pas, j'suis aux ordres de vot' demoiselle ! répondit la vieille Mélie.

Mme Roncherolles et Mlle Lemoine reconduites par la fermière, vinrent rejoindre Isaure, tandis que Claudine se mettait en route, portant dans une petite marmite la soupe de sa sœur.

— J'te retrouverai chez nous, n'est-ce pas, grand'mère? dit-elle à la vieille.

— Oui.

Isaure prit, sans aucune hésitation, la main ridée et calleuse de la mendiante et marcha avec elle.

Les deux dames suivirent.

— Vous ne pourrez pas nous dire quand nous serons arrivées à votre cabane, grand'mère, objecta Isaure, puisque vous ne voyez pas.

— Je n'vois pas, c'est vrai, répliqua la pauvresse, mais je connais mes pas et vous verrez bien que j'vous arrêterai juste.

Et la conversation entre l'enfant et la vieille continua ainsi, la première interrogeant sans cesse, la seconde lui répondant avec patience.

— N'est-ce pas singulier comme Isaure s'est subitement prise de sympathie pour cette petite Claudine et pour cette mendiante ? dit Mme Roncherolles à l'institutrice.

— C'est dans son caractère, répliqua Mlle Lemoine, j'ai déjà remarqué cela chez elle ; mais en général ses enthousiasmes ne durent pas longtemps et se remplacent bientôt par d'autres.

— C'est vrai ; seulement ils ne sont pas aussi précipités et aussi forts !

Devisant ainsi de part et d'autre, on faisait du chemin.

Tout à coup, la vieille mendiante s'arrêta devant une petite cabane de terre glaise que traversaient des poutrelles entre-croisées, dont le toit était couvert de chaume moussu et qui n'avait qu'une seule fenêtre en forme de lucarne ronde ; la porte était grande ouverte.

— C'est ici ! fit-elle, se retournant vers Mme Roncherolles et Mlle Lemoine.

Et elle marcha vers la cabane.

— Je n'ai pas besoin de vous ouvrir la porte, dit-elle, elle n'est jamais fermée, je n'ai malheureusement pas besoin de prendre cette précaution.

Elle entra la première, sans la moindre hésitation dans sa marche, absolument comme si elle voyait.

— Ces dames m'excuseront si je ne leur offre pas à chacune une chaise, continua-t-elle, il n'y en a qu'une. Je prie la dame du Castel de bien vouloir s'y asseoir.

— Oh ! comme c'est pauvre ! s'écria Isaure stupéfiée par ce qui se présentait à elle.

La nudité, la pauvreté de cet abri étaient, en effet, frappantes : une mauvaise table boiteuse en bois blanc, un méchant bahut brisé, et fendu à certains endroits, la chaise déjà nommée et un grand lit en vieux chêne rugueux qui pouvait contenir trois personnes, mais dont la paillasse unique, éventrée, était trop étroite et ne devait pas permettre à la vieille et à ses petites-filles de s'y coucher ensemble ; ce qui d'ailleurs était confirmé par la présence d'une seconde paillasse de fougère placée à terre, dans un coin.

A terre est le mot juste, car c'était bien sur la terre que l'on marchait dans cette cabane, le sol n'étant recouvert ni de planches, ni de pierres.

Quant à une cheminée, il n'en existait d'autre qu'un trou pratiqué dans le chaume dont était couvert le ravalement qui formait le toit.

Pas le plus léger ornement au mur autre qu'un portrait d'homme en habit militaire, jeune encore, mais qui était si mal peint que l'original ne devait pas, ou n'avait pas dû se reconnaître lui-même.

Sur la poitrine de cet homme, on avait accroché dans la toile, une croix de la Légion d'honneur.

— Vous avez désiré voir ma demeure, ou plutôt la demeure de Claudine, mamzelle, dit la mendiante, après une pause, la v'là !... Ce n'est pas bien beau, n'est-ce pas ?

— Comment, vous pouvez vivre ainsi ? s'écria Isaure

en examinant les murs nus et en regardant avec tristesse les misérables objets qui se trouvaient autour d'elle.

— Il le faut bien, mamzelle, puisque nous ne pouvons pas avoir autre chose. Moi, je m'accommode comme ça, parce que je suis aveugle et que je ne vois pas ce qu'il y a ; mais ce sont mes pauvres enfants que ça rend tristes !.... Si encore elles mangeaient à leur faim, qu'est-ce que ça ferait de n'avoir pas de meubles ; mais malheureusement on ne mange pas tous les jours ici !... Quand il fait une grande pluie, une grande neige, ou un très grand froid, en hiver, qu'on ne peut pas sortir, pour demander, alors, il faut faire avec les dix sous de ma petite Jeannette, quelquefois pendant deux ou trois jours !... Que voulez-vous !... C'est notre sort !... Et puis, il y a encore ce loyer !... Le propriétaire est patient... il attend... mais il faut toujours finir par le payer !...

Elle fit un mouvement comme si une pensée venait instantanément de la terroriser, et poussa un cri d'épouvante.

— Qu'avez-vous, ma pauvre femme ? demanda Mme Roncherolles.

— Je pense, madame, que Claudine, troublée par votre rencontre et voulant revenir vite, oubliera peut-être d'aller porter les cinq francs au propriétaire !... Alors, il viendra nous chasser ce soir.

— Ah ! il ne sera pas si méchant que ça ! dit Isaure. Où demeure-t-il ce propriétaire, je vais aller le trouver, moi, et je le prierai d'attendre à demain !... Mais Claudine va revenir, tout ça s'arrangera ; si elle l'a oublié, j'y courrai avec elle.

— Il me semble que tu disposes un peu trop de toi sans mon autorisation, ma petite Isaure, dit Mme Roncherolles qui venait de s'asseoir sur la chaise.

La vieille, qui avait l'oreille très fine, se rendit compte de ce mouvement et s'adressant à l'institutrice :

— L'autre dame peut s'asseoir sans crainte sur le lit, dit-elle, il n'est pas beau, mais il est propre ; n'ayant pas beaucoup de meubles à frotter, Jeannette et Claudine nettoient le lit tous les jours et lavent la paillasse toutes les semaines... N'ayez crainte, vous n'y trouveriez ni une puce, ni une araignée !

Mlle Lemoine se rendit à l'invitation et s'assit sur le lit d'où s'exhalait une excellente odeur de foin frais.

— Qu'est-ce que c'est que ce portrait de militaire que vous avez là ? demanda Isaure qui depuis un moment semblait réfléchir ; c'est votre fils, dites, grand'mère ?

— Non, mamzelle, c'est mon mari ?

— Votre mari ! firent en même temps les trois visiteuses.

— Oui, mon mari, mort à Reischoffen en 1870.

— Il y a vingt-cinq ans, observa Mlle Lemoine.

— Oui, madame ; ce portrait a été fait par un de ses amis, le jour même où il a endossé l'habit militaire.

— Et cette croix qui y est suspendue ? interrogea Mme Roncherolles.

— Elle lui a été remise par le général en chef, une heure avant sa mort... Il paraît qu'il avait sauvé le drapeau...

Une larme silencieuse tomba des yeux éteints de la mendiante.

— Vous étiez bien plus âgée que lui, n'est-ce pas, grand'mère ? questionna Isaure.

— Non ; nous étions du même âge ; il avait alors, comme moi, trente-cinq ans.

— Vous n'avez donc que soixante ans ? fit Mme Roncherolles, étonnée.

— Oui, madame.

— Oh! vous paraissez bien plus âgée, grand'mère, s'écria Isaure, on vous en donnerait plus de quatre-vingts!

— Isaure!.. Voyons!.. interrompit Mlle Lemoine.

— Oh! laissez dire la p'tiote, madame, reprit Mélie, elle a raison... déjà je paraissais bien plus âgée que lui au moment du portrait... c'est que, voyez-vous...j'ai tant peiné, dans ma jeunesse... et depuis, donc : quand j'suis restée seule avec mes trois enfants, et prisonnière de l'Allemagne... car, voyez-vous, j'ai été prisonnière de l'Allemagne, moi; cantinière, j'avais voulu suivre mon mari...

— Et vos enfants? demanda Mme Roncherolles.

— J'les avais mis en garde chez une belle-sœur.

— Et où sont-ils, maintenant? demanda Mme Roncherolles qui paraissait depuis un moment prendre un vif intérêt au malheur de la vieille.

— Hélas! ils sont morts!... Les deux plus jeunes, deux garçons, l'un du croup, l'autre de la fièvre typhoïde, et ma fille, l'année dernière, du chagrin d'avoir perdu son mari... Alors, je suis restée seule avec mes deux petites-filles... Vous voyez que j'ai eu tous les malheurs!... Il ne me manquait que de perdre la vue...

Et la pauvre aveugle se mit à sangloter.

— Oh! allez, grand'mère, ne pleurez pas... nous sommes riches, nous... papa viendra à votre secours!... dit Isaure en prenant les mains de la vieille.

— Bon petit cœur! murmura Mme Roncherolles à l'oreille de Mlle Lemoine.

Puis, s'adressant à Mélie :

— Ecoutez, pauvre femme, nous sommes riches, c'est vrai, et Isaure a eu raison de vous dire que vous seriez secourue par son père ; elle connaît son caractère bon et

Comment! vous pouvez vivre ainsi? s'écria Isaure... (page 123).

charitable. Je vous recommanderai particulièrement à lui. En attendant, et comme le caprice de ma fille vous empêche ce matin de faire votre tournée habituelle qui devait vous donner la nourriture d'aujourd'hui et de demain, voici de quoi y subvenir.

Mme Roncherolles tira d'une petite bourse en mailles d'or une pièce de dix francs.

— Voici mon obole! dit-elle.

— Et voici la mienne, dit Mlle Lemoine en remettant à l'aveugle deux pièces de un franc.

— Moi, je n'ai pas d'argent sur moi, fit à son tour Isaure; mais, grand'mère, vous ne perdrez pas pour attendre.

Puis, avec la spontanéité de caractère qui la caractérisait, passant à une autre idée :

— Où c'est-il, grand'mère, la maison où travaille Jeannette?... Bien loin, sans doute, car il me semble que Claudine reste fort longtemps?

— C'est à l'autre bout du hameau, répondit Mélie, juste à côté de la ferme du propriétaire de ma cabane.

— Oh! alors, il est certain que Claudine n'oubliera pas d'aller chez lui! fit Isaure. Et combien de temps faut-il pour y aller et pour revenir, grand'mère?

— A peu près une demi-heure, car elle a de bonnes jambes, quand elle est seule.

— Je crois qu'il y a bien une demi-heure que nous sommes ici, recommença la petite fille qui ne cessait d'aller à la porte pour guetter l'arrivée de la jeune paysanne.

Entre temps de ces demandes et de ces réponses, la vieille mêlait de profonds et sincères remerciements à la dame du Castel et à sa compagne pour toutes leurs bontés, et pour l'honneur qu'elles lui avaient fait en entrant dans sa misérable maisonnette.

— Maintenant que je me suis rendue à ton désir, ma

chère enfant, dit Mme Roncherolles à sa fille, que tu as
vu la demeure de Claudine et de sa grand'mère, nous
allons partir; si tu veux aller encore jusqu'au bout du
hameau, comme tu l'as demandé, nous serons à peine
rentrées pour l'heure du déjeuner. Claudine peut tarder;
d'ailleurs, nous la rencontrerons peut-être en route.

— Ah!... laisser grand'mère seule! fit Isaure. Et s'il lui
arrivait un accident?

— Que voulez-vous qu'il m'arrive, mam'zelle! répliqua
la vieille, on n'a crainte de rien quand on est pauvre...
si vous voulez vous en aller, faut pas qu'ce soit c'te peur-
là qui vous retienne... Claudine aura peut-être attendu
Jeannette qui travaille queuquefois dehors, ou ben aussi
l'propriétaire était sorti...

— Alors, au revoir, grand'mère! fit Isaure en allant
serrer la main de la pauvresse.

— Au revoir, Mélie, dirent, à leur tour, Mme Roncherolles et Mlle Lemoine.

Et toutes trois sortirent de la cabane, laissant la mendiante debout au pied du lit.

Comme Mme Roncherolles l'avait prévu, on rencontra
Claudine qui s'en revenait bien vite, espérant retrouver
encore les *belles dames* chez elle.

— J'ai été longtemps, n'est-ce pas, mam'zelle? dit-elle à
Isaure en s'arrêtant; c'est l'propriétaire qui n'était pas à
sa métairie.

— Il est donc métayer, votre propriétaire? fit Mme Roncherolles.

— Oui, madame, là-bas, tout au bout du hameau...
Allons, encore bien merci, madame et mam'zelle,... je
m'sauve... puisque grand'mère est toute seule!...

— Vous reviendrez là-haut, avec grand'mère, n'est-ce
pas, Claudine? fit Isaure.

— Si vous voulez bien, mamzelle et madame aussi.

— Quand l'argent vous manquera, je serai toujours prête à vous aider, mon enfant, fit Mme Roncherolles.

— Et moi aussi, ajouta Isaure, car j'ai ma petite bourse !

Elles se séparèrent sur ces mots, Claudine courant à toutes jambes, et Isaure sautant, gambadant devant sa mère et Mlle Lemoine qui marchaient lentement, examinant chaque maison chaque chaumière, chaque ferme qu'elles rencontraient

La vallée était presque déserte : point de promeneurs encore, l'heure était trop matinale ; seuls quelques paysans chargés de paniers, quelques charrettes revenant des champs avec des légumes printaniers, c'était tout.

On croisait les dames en mettant la main au bonnet, on se retournait vers elles, avec un air de curiosité, lorsqu'elles étaient passées, car on ne les connaissait pas pour être du pays.

Enfin, elles arrivèrent au bout du hameau devant la métairie. Deux hommes en sortaient. Isaure reconnut, dans le plus pauvrement vêtu, un des paysans qui étaient allés, le matin même, remercier son père de ses aumônes.

Elle marcha vers lui.

— C'est bien vous, n'est-ce pas, monsieur, qui étiez tantôt au Castel ?

— Oui, mamzelle, vous me reconnaissez ?

— Parfaitement.

Le métayer regarda avec étonnement cette petite fille venant si franchement et si délibérément à ce malheureux ouvrier qui demandait du travail.

— Vous voyez, mamzelle, dit le paysan, je cherche de

l'ouvrage et j'n'en trouve pas... M'sieu le métayer vient
encore de m'dire qu'il n'en a pas pour moi !...

— Ah ! monsieur est le métayer, fit Isaure, le propriétaire de la cabane de la vieille Mélie ?

— Oui, mamzelle, vous savez donc ça ? demanda cet
homme.

— Certainement, répondit la fillette avec un petit ton
impertinent, et je sais même que vous vouliez la chasser,
si elle ne vous avait pas apporté ce matin les cinq francs
que vous vouliez d'elle. Ils vous ont été donnés, ces malheureux cinq francs, n'est-ce pas ? alors vous ne chasserez
plus la pauvre femme.

Mme Roncherolles s'était avancée en entendant sa
fille sermonner presque ce paysan, et imposa silence à
la petite audacieuse.

Le métayer et l'ouvrier avaient écouté Isaure, étonnés.

Le métayer allait lui répondre, avec un peu de brus-
querie peut-être ; mais déjà Isaure avait passé à une
autre idée :

— Où demeurez-vous, monsieur ? demanda-t-elle à
l'ouvrier.

— Ici près, derrière la métairie, répondit-il.

— C'est Lambelin, n'est-ce pas, que vous vous
nommez ?

— Oui, mamzelle.

— Et où demeure ce vieux, vieux bonhomme qui s'appelle Jean-Pierre ? Il était à côté de vous ce matin.

— Jean-Pierre ! C'est un locataire de M. Chéroux,
Mamzelle ; il demeure là-bas, en face : vous voyez, cette
maisonnette presque noire et qui a l'air de tomber en
morceaux.

— Peut-être que M. Chéroux l'a aussi menacé comme

Mélie ! M. Chéroux, qui est-il ? interrogea la terrible enfant.

— C'est moi, mamzelle, fit le métayer d'un air mécontent.

— Vous êtes donc méchant, vous ? recommença Isaure d'un ton grondeur.

— En vérité, monsieur, intervint Mme Roncherolles, il faut pardonner à ma fille, c'est ma faute si elle est aussi mutine, je l'ai beaucoup gâtée et Mademoiselle aussi qui est son institutrice ; ce qu'elle en fait, c'est par bon cœur ; elle sait que ces pauvres gens sont très malheureux et elle s'intéresse à eux.

— Eh bien ! qu'elle paye pour eux, alors, fit le métayer de fort mauvaise humeur ; moi, je n'ai pas l'habitude de loger les gens pour rien.

— C'est ce que j'ai fait, monsieur le propriétaire, riposta la fillette avec fierté, c'est moi qui ai donné les cinq francs à Claudine.

— Isaure, en voilà assez ! dirent Mme Roncherolles et Mlle Lemoine en tirant à elles la fillette.

Mais celle-ci ne désarmait pas :

— Fi ! que c'est laid, monsieur, cria-t-elle, de faire du mal aux pauvres, quand on est riche. Mon père est propriétaire aussi et ce n'est pas ainsi qu'il agit avec ses locataires... Il ne les chasse pas quand ils ne peuvent payer... Il les aide !...

— Qui est donc cette petite sotte ? demanda le métayer à l'ouvrier.

— C'est la fille du propriétaire du Castel de là-haut, répondit l'ouvrier.

— Ah ! sapristi ! c'est chez moi qu'il se fournit, fit Chéroux en se frappant la tête.

— Dites donc, madame, continua-t-il en laissant

l'ouvrier et en rejoignant les dames, vous ne direz rien de cela à M. Roncherolles, s'il vous plaît ; je ne veux pas que votre demoiselle soit grondée.

Ce n'était pas cette raison-là qui émouvait le métayer ; il lui importait peu qu'Isaure fût grondée par son père ; ce qu'il craignait, c'était que la petite fille n'empêchât Martin de continuer chez lui ses achats.

Mlle Lemoine, très perspicace, avait compris. Elle fit part de sa pensée à Isaure, de façon que le métayer ait repentance de sa conduite envers les pauvres :

— Nous ne dirons rien, répondit-elle au métayer, afin que vous ne perdiez pas la *pratique*, comme on dit.

— Non, tu entends, Isaure, reprit Mme Roncherolles ; il ne faut jamais faire de mal, même à un méchant ; seulement, il faut que Monsieur te promette de ne plus tourmenter tes protégés.

La leçon était dure pour le métayer.

— Je vous le promets, mamzelle, dit-il avec rage, en rentrant chez lui.

Les promeneuses continuèrent leur excursion.

Elles s'arrêtèrent dans quelques maisonnettes, notamment dans celles ouvertes, désertées par leurs habitants, et dans celle vide aussi du *vieux, vieux bonhomme* Jean-Pierre, peut-être encore plus dénudée que la cabane de Mélie.

L'heure du déjeuner étant proche, elles remontèrent la colline et réintégrèrent le Castel, où M. Roncherolles venait de rentrer, chargé de sa pêche : une carpe magnifique qu'il ordonna de servir aussitôt qu'elle serait accommodée.

A table, Isaure raconta à son père tous les incidents de sa promenade, sans oublier celui du métayer.

— Il a demandé que je ne te le dise pas, père, fit-elle malicieusement ; aussi, tu vois, je ne le dis pas, je le chante.

Elle se mit à raconter en chantant la manière d'agir du métayer avec ses locataires.

Et elle ajouta :

— Tu me feras grand plaisir, petit père, de donner l'ordre à Martin de ne plus se fournir chez ce mauvais cœur, mais bien dans la petite ferme où l'on nous a fait boire du bon lait et où l'on m'a si cordialement décrottée.

— C'est entendu ! fit M. Roncherolles, riant de l'aventure de sa fille.

Et s'adressant à Martin qui servait :

— Vous avez compris, Martin ? vous achèterez désormais aux bonnes gens de la petite ferme.

Après le déjeuner, M. Roncherolles retourna à sa pêche, Mme Roncherolles s'occupa des soins de sa maison et Isaure monta dans la salle d'études avec Mlle Lemoine pour travailler.

La leçon, ce jour-là, ne fut en réalité pas aussi sérieuse qu'elle l'était habituellement. Isaure se montrait distraite ; on voyait que sa pensée était ailleurs. A chaque instant, elle interrompait Mlle Lemoine dans ses démonstrations et lui posait des questions sans queue ni tête, comme on dit vulgairement. L'institutrice sentait que ces questions détournées avaient un but tout autre que l'enfant n'osait aborder.

Elle voulut la mettre à son aise.

— Vous avez envie de me demander quelque chose, ma petite Isaure, lui dit-elle, quelque chose qui n'a aucun rapport avec vos interrogations... Voyons, parlez franchement...

— Eh bien ! oui, là, Mademoiselle ; je voulais vous prier

de venir avec moi, demain matin, chez Claudine, mais
sans rien dire à maman.

— Sans rien dire à Mme Roncherolles ?... Pourquoi
cela ?... Vous savez bien que ce n'est pas faisable...
Quand je sors seule avec vous, c'est lorsqu'elle est un

peu souffrante ou fatiguée, et elle le sait toujours... Il
serait impossible de lui cacher notre sortie...

— Alors, on pourrait inventer une excuse... lui donner
une raison quelconque...

— Lui mentir !... y pensez-vous, mon enfant !...

Isaure devint toute songeuse et se remit à faire son
analyse commencée.

Mlle Lemoine l'examinait à la dérobée, attendant une
nouvelle question.

La petite fille se taisait, mais elle paraissait agitée.

L'institutrice reprit la parole.

— Où vouliez-vous donc aller sans que votre mère le sût, interrogea-t-elle, et que vouliez-vous faire chez Claudine?

— Nulle part... et rien... répondit brièvement Isaure, n'y pensons plus...

— Mais encore ?... insista l'institutrice.

— Non... non... c'était un caprice... et je vois que j'avais tort...

Mais le ton avec lequel la petite fille prononçait ces mots n'était pas franc, elle avait une arrière-pensée.

Cependant la leçon s'acheva et la calèche, ayant été attelée par l'ordre de Mme Roncherolles, attendait comme chaque jour que Mlle Lemoine et son élève descendissent.

Déjà, Mme Roncherolles avait pris place, quand les deux retardataires y montèrent à leur tour.

— En forêt, où vous voudrez ! commanda Mme Roncherolles au valet de pied.

Isaure, qui, les autres jours, bavardait à tort et à travers, fut tellement silencieuse que Mme Roncherolles ne put manquer de le remarquer.

— Pourquoi ne causes-tu pas ?... Es-tu malade ? lui demanda-t-elle.

— Oh ! non, maman.

— Qu'as-tu, alors, tu ne dis rien ?... Mlle Lemoine t'a-t-elle grondée ?

— Mais non, n'est-ce pas, Mademoiselle ?

— Je ne l'ai pas grondée en effet, madame, intervint l'institutrice, mais j'aurais dû le faire, car Isaure a été distraite.

— Et quelle est la cause de cette distraction ? fit Mme Roncherolles.

— Sa promenade de ce matin, se contenta de répondre l'institutrice ; Isaure pensait encore aux pauvres que nous avons visités.

— Elle a sans doute été impressionnée de l'horrible misère de certains d'eux, n'est-ce pas, ma mignonne, fit Mme Roncherolles ; nous n'y retournerons plus ; les petites filles de ton âge ne doivent pas voir des spectacles aussi attristants !

Isaure ne répondit pas.

Elle avait son idée arrêtée et tout ce que l'on eût pu dire ne la lui aurait pas enlevée.

Dès lors, pour éviter de nouvelles questions de sa mère et de son institutrice, elle se mit à causer et à questionner à son tour sur tout ce qu'elle voyait.

On rentra au Castel sans que Mme Roncherolles et Mlle Lemoine eussent encore aucun soupçon de la raison du mutisme précédent d'Isaure qui, au dîner, fut joyeuse et gaie.

IV

Lorsque Isaure, le soir, alla se coucher dans la petite chambre qui avoisinait celle de ses parents, au lieu de se mettre au lit comme toujours, elle s'assit dans un fauteuil devant un meuble à tiroirs secrets très hauts et très larges, dans l'un desquels elle serrait un gentil coffret en ébène, incrusté de nacre et d'argent, que son père lui avait donné lors d'un anniversaire de fête.

C'était de ce coffret que la petite fille faisait sa tirelire ; mais une tirelire qu'elle ne devait pas briser, quand elle voulait disposer de son contenu.

Elle tira le coffret du tiroir où il était placé et l'ouvrit au moyen d'une clé minuscule suspendue à un petit anneau déposé dans un autre tiroir. Le coffret laissa voir dans ses flancs des monnaies d'or et d'argent qu'elle évita de laisser s'entre-choquer, afin que le bruit ne parvînt pas jusqu'à ses parents.

Elle prit alors dans le coffret deux pièces d'or, les serra avec précaution, et séparément, dans les pochettes de son porte-monnaie qu'elle venait de prendre, et posa le tout sur le meuble, après avoir été, sur la pointe des pieds, regarder si la porte de la chambre de sa mère était bien close.

Elle détacha ensuite, d'un porte-manteau à figurines de chêne sculpté, placé de l'autre côté de la chambre, une sorte de petite mante de paysanne à capuchon qu'elle étala sur le dos d'une chaise, comme pour l'avoir mieux à sa disposition, et puis, cela fait, elle se coucha.

Le sommeil fut long à venir. Elle était agitée. Enfin, elle s'endormit.

L'aurore, qui, dans cette saison, ne vient que vers sept heures, la trouva réveillée et debout.

Sa mère et Mlle Lemoine étaient encore couchées.

M. Roncherolles était parti pour la pêche.

La porte du Castel était donc ouverte.

Martin et les autres domestiques se trouvaient chacun à sa besogne respective : l'un dans les écuries, l'autre à l'office, un troisième ailleurs. La femme de chambre, la cuisinière, les filles de cuisine étaient aussi à leur travail dans l'intérieur, assez loin de la porte d'entrée pour ne pouvoir surveiller, si quelqu'un sortait.

Isaure guettait de sa chambre.

Bien doucement, elle s'était habillée, s'était coiffée de la mante qu'elle eut soin de bien rabattre sur son front, mit dans sa poche le porte-monnaie contenant les deux pièces d'or et, à pas de loup, après avoir bien écouté si aucun bruit ne se faisait entendre, elle descendit l'escalier, osant à peine respirer, et le cœur un peu tremblant.

Arrivée dans le vestibule, elle se trouva en face de Martin.

L'un et l'autre poussèrent un léger cri de surprise.

— Chut !.. Chut ! fit aussitôt Isaure, avec un signe de la main, et en posant son index en croix sur ses lèvres.

— Comment... c'est vous, mademoiselle, dit Martin parlant à voix très basse pour obéir à l'ordre de sa jeune maîtresse.

— Oui, Martin.

— D'aussi bonne heure !

— Je vais faire une promenade.

— Toute seule ?

— Pour-
quoi pas ?...
Il n'y a pas
de loups
dans le pays.

— Qui sait, mamzelle ?

— Oh ! non !... Et puis, d'ailleurs, les loups ne man-
gent pas les petites., quoi qu'en dise le conte de Per-
rault. Ensuite, non seulement je ne veux pas que maman
sache où je vais, mais je veux que personne ne le sache...
Vous entendez, Martin,... personne... Vous ne m'avez pas

vue sortir... Je serai certainement de retour avant que maman et Mlle Lemoine soient descendues... et, dans le cas où elles seraient descendues avant mon arrivée, si vous croyez que maman s'inquiète, alors, seulement, vous direz que je suis avec mon père... Pardonnez-moi, mon vieux Martin, de vous faire mentir, mais c'est pour le bonheur de plusieurs personnes.

Isaure avait pour ainsi dire chuchoté tout cela avec volubilité et à la hâte.

Martin, ébahi, demeurait sur place, tandis qu'Isaure franchissait la porte du manoir et, à pas précipités, courant même, allait vers le val.

En dix minutes elle était arrivée au hameau, sans avoir rencontré d'autres personnes que des villageois et des villageoises et, parmi elles, comme par un hasard inouï, la servante qui, la veille, avait nettoyé ses bas et sa chaussure.

Isaure, qui l'avait vue venir, baissa davantage encore son capuchon sur ses yeux, alla de l'autre côté de la route, se blottit dans une haie, la laissa marcher pendant quelques minutes, puis reprit sa course en courant, afin de n'être pas aperçue par la fermière qui aurait pu se trouver à la porte de la ferme devant laquelle elle allait passer.

Presque d'un bond, elle fut près de la cabane de Mélie.

Une jeune fille de douze ou treize ans en sortait, laissant, derrière elle, la porte ouverte.

Elle portait le costume des servantes de basse-cour.

Isaure pensa que ce devait être Jeannette.

— Au revoir, cria-t-elle à ceux ou à celles qui étaient à l'intérieur.

— Claudine et grand'mère ne sont pas encore sorties, murmura Isaure en passant vivement ; allons d'abord

Jean-Pierre| cria-t-elle en ne-le voyant pas... (page 145);

chez le *vieux, vieux bonhomme*, elles partiront peut-être pendant ce temps.

Elle continua sa marche, parvint à la cabane du vieillard et, la porte étant ouverte, elle entra.

— Jean-Pierre ! cria-t-elle en ne le voyant pas.

Personne ne répondit d'abord.

— Jean-Pierre ! recommença-t-elle.

— Qui est là ? demanda au bout de quelques secondes une voix chevrotante qui partait du fond sombre de la cabane.

— Vous êtes encore couché? fit-elle.

— J'savons pas c'que j'ai aujourd'hui... j'peuvons pas m'lever !... et c'pendant faut qu'jaille travailler !...

— Vous travaillez encore?

— Dame !... comment que j'mangerions un morceau de pain, sans ça?

— Où êtes-vous, Jean-Pierre?... Il fait si noir chez vous, je ne vous vois pas !... reprit Isaure entrant pour ainsi dire à tâtons.

— C'est qu'y a pas d'fenêtres, voyez-vous... Mais qui que vous êtes?

— Une amie, Jean-Pierre, et la preuve, tenez !... je suis pressée, je n'ai pas le temps de vous chercher, je pose ici, à terre, une pièce d'or, pour que vous puissiez ne pas aller travailler pendant quelques jours... vous la trouverez bien, vous, dans cette demi-lumière de la porte, votre vue est habituée à ce jour-là...

— Une pièce d'or !... mais vous êtes donc une fée?... la fée des temps passés !... Une pièce d'or !... murmurait le *vieux, vieux bonhomme* grelottant la fièvre... Ah !... Madame la fée... comme vous êtes bonne !...

— Et comme vous ne pouvez pas vous lever, tout à l'heure on vous apportera une bonne soupe et une bou-

teille de vin et avec votre argent vous vous ferez chercher par la personne qui viendra tout ce que vous voudrez !... Maintenant, au revoir, Jean-Pierre, je vous
reverrai dans quelques jours !...

Et Isaure déposa une pièce de vingt francs sur le sol,
assez en vue du malheureux pour qu'il pût la trouver
immédiatement, mais aussi de telle sorte qu'elle ne soit
pas aperçue du dehors.

— Madame la fée !... Madame la fée !... Merci !...
Merci !... criait Jean-Pierre de toute la force qu'il pouvait donner à sa voix.

Mais Isaure ne l'entendait plus ; elle avait continué sa
route.

Elle entra dans la ferme qui était presque voisine de la
cabane de Jean-Pierre et demanda à un jeune garçon à
peu près de son âge, si le fermier était là, parce qu'elle
voulait lui parler.

Elle n'avait jamais vu le fermier et il ne l'avait jamais vue.

Prévenu par le petit garçon, il se présenta.

Isaure avait le visage de plus en plus caché, dans la
crainte que l'une ou l'autre personne de la ferme ne la
reconnût, car, on s'en souvient, c'était de cette ferme
que, jusqu'alors, les domestiques apportaient les provisions au château.

Pour éviter que le fermier cherchât à l'examiner, afin
de savoir à qui il avait affaire, elle lui dit, presque sans
arrêter :

— Portez bien vite une bouteille de vin, un bol de lait
et une soupe au vieux Jean-Pierre, tout de suite, tout
de suite....

Et glissant dans la main du fermier deux pièces d'un
franc qui étaient restées de la veille dans sa bourse, elle
s'enfuit en répétant de nouveau :

— Tout de suite.

Pour le paysan, ce fut comme une apparition. Il la regarda s'éloigner.

— Qui est-ce que c'est que cette femme qui se cache comme ça ? se demanda-t-il.

Mais l'essentiel étant pour lui de recevoir de l'argent, il regarda les deux pièces, et reprit :

— N'importe qui... ça m'est égal... puisqu'elle m'a payé !...

Il alla à la cuisine où mijotait dans une grande marmite, la soupe au lard et aux choux destinée aux ouvriers de la ferme, en emplit un récipient en terre hermétiquement fermé, pour conserver la chaleur du contenu, prit dans le cellier un litre de vin, puis une boîte à lait toute pleine et donna l'ordre au petit garçon qui était allé l'avertir de la présence d'Isaure, d'aller porter tout cela à Jean-Pierre dont il connaissait le voisinage.

— Tu n'as rien à dire, fit le fermier au garçonnet, il doit savoir qui est-ce qui lui envoie ça.

Le petit fit la commission, et lorsqu'il revint à la ferme, il dit au fermier que Jean-Pierre attendait tous ces objets, que la fée avait promis de les lui envoyer.

— La fée! répéta le fermier, la fée! qu'est-ce que c'est que ça ?

— Je n'savons pas, patron... v'là c'qu'il m'a dit.... De plus, il m'a montré une belle pièce en or qu'elle avait posée à terre en s'en allant.

— Une pièce en or!... chez Jean-Pierre!... Tu l'as vue?

— Oui, patron... et c'qui y a de mieux, c'est que Jean-Pierre qui n'pouvait pas s'lever c'matin, s'est levé tout de suite que la pièce était par terre, et a été la ramasser.

En effet, l'émotion, l'étonnement que lui causa la visite si inattendue d'Isaure, et la curiosité de s'assurer si, réellement, elle avait déposé ce cadeau si merveilleux à l'endroit où elle l'indiquait, lui avaient donné une sorte d'impulsion nerveuse qui lui permit de se remettre sur pied.

L'histoire de Jean-Pierre circula dans la ferme, de bouche en bouche, et puis bientôt au dehors. Avant midi tout le hameau et surtout les vieux du pays racontaient que la fée bienfaisante du temps passé était revenue, qu'elle avait rendu la vie à Jean-Pierre qui se mourait et qu'elle avait rempli sa cabane d'innombrables louis d'or.

V

En sortant tout courant de chez Jean-Pierre, Isaure avait poursuivi son chemin pour retourner chez Mélie, qui maintenant devait être sortie avec Claudine.

Son espoir ne fut pas déçu.

En regardant par la porte ouverte, elle put s'assurer qu'il n'y avait personne.

Elle entra, et, vivement, dans la crainte d'être surprise, posa, sur la table grossière, dans un petit panier que Claudine portait souvent, la seconde pièce d'or de son porte-monnaie.

Puis, elle s'enfuit au plus vite, car l'heure avançait et elle risquait de trouver sa mère et son institutrice levées et la cherchant.

Au pied de la colline, elle rencontra Martin.

Il ne la reconnut que lorsqu'elle l'aborda, tant elle était emmitouflée dans son capulet.

— Maman est-elle descendue ? demanda-t-elle au domestique.

— Oui, mademoiselle, elle vous cherchait, elle avait été à votre chambre et, ne vous y trouvant pas, elle s'était rendue chez Mademoiselle, qui déjà, avant elle, était

venue s'informer si je ne vous avais pas vue... A toutes
les deux, j'ai dit, comme vous me l'aviez recommandé,
que vous étiez à la pêche avec Monsieur... Elles ont été
rassurées et vous attendent.

— Merci, mon bon Martin ; eh bien, je ne vous aurai
pas fait mentir, je vais de ce pas aller rejoindre mon père
et je rentrerai avec lui... Je me suis bien promenée,
Martin, et cette promenade matinale m'a fait du bien au
cœur !

— Tant mieux, mademoiselle.... Moi je vais faire mes
provisions.

— Vous savez, Martin, c'est à la petite ferme qu'il faut
acheter, maintenant.

— Oui... oui, mademoiselle, je ne l'ai pas oublié.

Et l'une et l'autre reprirent leur course.

Isaure, au lieu d'entrer directement au Castel, le con-
tourna, alla rejoindre la grille du parc, du côté de la
forêt, franchit cette grille et gagna l'endroit où se trouvait le grand étang.

M. Roncherolles était là, assis sur le bord de cet étang,
une ligne à la main et entouré de ses engins de pêche.

Il fut fort surpris de voir venir à lui sa fille.

— Comment, te voici, à cette heure ! lui dit-il.

— Oui, cher père, je viens pêcher avec toi.

— Qu'est-ce que signifie ce nouveau caprice ?... Ta
mère le sait-elle?... c'est à peine si, d'habitude, elle est
levée !...

— Elle ne le sait pas, petit père, je ne lui ai rien dit,
car elle m'aurait empêchée de venir, de peur que je ne
prenne froid... mais, tu vois, je me suis bien couverte...

Elle se mettait en mesure de s'asseoir à côté de son père.

— Non, non, ne t'assieds pas, lui dit vivement celui-ci,
l'herbe est toujours humide de rosée, le matin.

— Mais je veux pêcher... tu as là une ligne de re-
change... et pour bien pêcher, il faut s'asseoir.

— Alors, prends cette couverture et étale-la sur
l'herbe.

Et le bon père, qui ne savait pas résister aux désirs de
sa fille, se leva, sans cependant quitter sa ligne qu'il
tenait d'une main, tandis que de l'autre, il tira de des-

sous lui une épaisse couverture de laine étendue sur
l'herbe.

Isaure la doubla, l'étendit de nouveau un peu plus loin,
prit la ligne qui se trouvait à terre, la passa à M. Roncherolles et attendit que celui-ci se décidât à la lui préparer pour qu'elle pût s'en servir.

— Ah! ça mord! s'écria à ce moment le père d'Isaure
avec un mouvement de joie.

— Oh! petit père, laisse-moi tirer.

— Pour la manquer... non, non,... retire-toi! retire-toi
donc !

Et M. Roncherolles, joyeux de sentir une proie après
la corde de sa ligne, tira, d'un mouvement brusque,
celle-ci hors de l'eau,

Une grosse et superbe carpe y était attachée, se tortillant de toutes ses forces pour essayer d'échapper à l'hameçon qui lui perforait le gosier ; mais plus elle remuait, plus elle s'enferrait, et bientôt, M. Roncherolles l'ayant saisie et mise dans un filet, elle rendit le dernier soupir, si toutefois une carpe peut soupirer en mourant.

— Maintenant, allons, puisque tu veux pêcher, dit-il à Isaure ; c'est à ton tour, je vais te montrer comment on amorce.

Il prépara la ligne qu'Isaure lui avait passée, puis prépara de nouveau la sienne et, cela étant fait, il dit :

— Va !... jetons ensemble... et si tu prends quelque chose je te donne vingt francs pour tes pauvres.

Isaure demeura stupéfaite : elle crut, tout à coup, que son père était au courant de ses courses dans la vallée.

— Mes pauvres ! fit-elle, en regardant M. Roncherolles.

— Hé oui !.. Je t'ai bien vue, hier matin, donner de l'argent à la petite Claudine.

Isaure était rassurée. Elle avait eu peur que son père, connaissant son escapade, ne la grondât d'être allée seule aussi loin.

— J'ai bien fait, n'est-ce pas, petit père... et si je gagne tes vingt francs, ce sera pour elle.... Oh ! père chéri, si tu entendais l'histoire de la pauvre grand'mère de Claudine !... C'est à en pleurer !... Elle a été à la guerre avec son mari qui y est mort... elle a perdu ses trois enfants... elle est devenue aveugle à force de pleurer... et elle est restée seule avec ses deux petites-filles !...

— C'est fort triste en effet !... Il faudra que de temps à autre on porte des secours à cette pauvre femme !... Où habite-t-elle ?

— Dans une pauvre, oh ! bien pauvre cabane en terre

Papa!... papa!.. vois donc, ma ligne remue!... (page 155)

glaise, sans meubles, avec des murs tout nus, auxquels
n'est suspendu que le portrait de son mari.., et figure-toi,
petit père, à ce portrait est accrochée une croix d'honneur !

— Comment sais-tu tout cela?

— Mais tu te rappelles bien que nous y avons été hier
matin avec maman.

— C'est juste !... Je l'avais oublié.

— Dis, petit père, il faudra faire venir la grand'mère
chez nous... elle te racontera elle-même sa vie... tu
verras que ça t'intéressera !... Elle se nomme Mélie,...
mais je ne sais pas son autre nom... nous le lui deman-
derons !...

Soudain, Isaure poussa un cri.

— Papa !... Papa !... vois donc... ma ligne remue !...
Est-ce que c'est comme ça quand ça mord?

M. Roncherolles regarda l'eau qui, en effet, faisait des
cercles autour du bouchon, et ce bouchon plongeait et
remontait par instants.

— Mais certainement que ça mord, fit M. Roncherolles, ne bouge pas, je vais tirer ta ligne, car tu ne le
saurais pas et ton butin se sauverait.

Il posa doucement sa propre ligne sur le bord de l'étang,
prit en mains celle d'Isaure et tira vivement.

— Hop !... ça y est ! dit-il, tout heureux ; tu as gagné
vingt francs !

Une jolie carpe de moyenne grosseur frétillait après
l'hameçon.

Comme elle le faisait chaque fois qu'elle éprouvait une
grande joie, la petite fille battit des mains en jetant des
éclats de rire.

— Ah ! grand'mère pourra acheter un matelas ! s'écria-
t-elle.

A ce moment, Mme Roncherolles se montra à l'autre bout de l'étang, venant de l'intérieur du parc.

— Tiens! maman! fit Isaure, se levant, et courant au-devant de sa mère qui marchait vers M. Roncherolles.

Lorsqu'elle les eut rejoints :

— Je ne sais vraiment pas où elle a la tête depuis hier, dit-elle à son mari ; elle va d'un caprice à un autre... elle est sortie ce matin sans prévenir personne pour venir pêcher, et sans Martin, qui nous a appris qu'elle était avec vous, mon ami, j'aurais été d'une inquiétude mortelle.

Isaure ne répliqua pas, craignant de se contredire, et de laisser savoir qu'avant d'être venue près de son père elle avait été ailleurs... Elle ne voulait absolument pas que sa mère le sût.

Bien vite, elle montra à Mme Roncherolles le joli butin qu'elle venait de prendre et qu'elle tenait encore.

— Regarde, petite mère, j'ai gagné vingt francs! dit-elle.

— Comment cela? demanda la jeune femme.

— Je lui ai promis vingt francs si elle ramenait une carpe, dit M. Roncherolles, tout joyeux du bonheur qu'il voyait à son enfant.

Mme Roncherolles, en présence de cette joie, eût eu mauvaise grâce à maintenir son air sévère, elle sourit à Isaure, lui pardonna sa fugue et demeura auprès des pêcheurs.

Après une demi-heure, les carpes ne mordant plus, M. Roncherolles rentra ses lignes et ses engins dans un récipient *ad hoc* et tous trois prirent le chemin du Castel où Mlle Lemoine attendait impatiemment son élève, car c'était l'heure de la leçon.

La journée se passa comme toutes les autres.

Aucun incident ne survint, l'après-midi, pendant la promenade dans la forêt.

Quand l'heure fut arrivée de se mettre à table, Martin
fut mandé dans la salle à manger plusieurs minutes
avant son service, par M. Roncherolles qui voulait lui
faire quelques recommandations.

Mme Roncherolles en profita pour lui adresser, elle,
une observation sur le prolongement du temps qu'il avait
employé en allant aux provisions, ce qui mettait du
retard dans les préparatifs de la cuisinière et se trouvait
avoir fait manquer, disait celle-ci, une sauce verte que le
maître du Castel préférait entre toutes.

Martin s'excusa de son mieux. Il avoua qu'il s'était
trouvé, en effet, en retard, ayant été arrêté en chemin
par les dires des paysans qui lui avaient conté que des
choses extraordinaires se passaient dans le hameau : la
fée de l'ancien temps, la fée Gentille, avait reparu au Castel, s'était promenée avant le soleil levant dans la vallée
et avait semé de l'or partout.

— Ah ! ah ! fit M. Roncherolles en plaisantant, nous
donnons donc l'hospitalité à une fée, ma femme, et à une
fée qui a les mains pleines d'or !... Et on l'a vue, cette
fée? demanda-t-il ensuite à Martin.

— Il paraît que oui, monsieur.

— Et elle a sans doute des serpents pour cheveux,
des trous lumineux pour yeux, une bouche dépourvue
de dents, continua-t-il, et elle est à cheval sur un
balai ?

— Non, monsieur ; on l'a vue, mais on n'a pu discerner
son visage, il était caché sous un grand manteau, et elle
fendait l'air en galopant.

Isaure riait sous cape. Elle avait deviné qu'il s'agissait
d'elle et de ses visites à Jean-Pierre et à la grand'mère.

— C'est la grand'mère qui vous a conté ça ? demanda
Mme Roncherolles.

— Non, madame, c'est tout le monde ; mais c'est la grand'mère et Jean-Pierre qui ont reçu de l'or.

— Eux deux seulement ? demanda Mme Roncherolles.

— Ah ! je n'sais pas, madame ; on disait qu'elle en avait semé ; mais on n'disait pas où, répondit Martin.

— Enfin, ne recommencez pas demain à vous arrêter ainsi avec ces bonnes gens, laissez-les raconter leurs histoires de fées entre eux, mais ne vous en amusez pas.

Pendant ce temps, Isaure ne soufflait mot.

Cela parut étonnant à Mlle Lemoine ; car son élève aimait à se mêler à toutes les conversations, quelles qu'elles fussent, et une histoire de fée, plus que tout autre sujet, aurait dû exciter sa verve et ses réflexions.

L'institutrice ne le fit pas remarquer à Mme Roncherolles, et se promit de se rendre compte de la raison du silence de la petite fille, en cette occasion.

A table, Isaure reprit la parole.

— Tu sais, papa, dit-elle à M. Roncherolles, tu me dois vingt francs !

— C'est vrai !... L'arrivée de ta mère auprès de nous me l'a fait oublier, répondit le manufacturier ; tiens, les voici.

Il fit passer la pièce d'or à sa fille, par l'entremise de Martin.

— Ah ! merci, petit père, c'est pour le matelas de grand'mère, fit l'enfant ; j'irai le lui porter demain.

— Tu iras, toi, porter un matelas à cette brave femme ? fit, en souriant, M. Roncherolles.

— Oui ; enfin, je veux dire que quand maman l'aura fait acheter par Martin à la ville voisine, j'irai avec lui chez Mélie, le lui porter.

— Allons, soit ! J'enverrai Martin acheter un matelas,

mais pour cela, il faut avoir la mesure du lit de la vieille aveugle, dit Mme Roncherolles.

— Tu l'as vu, mère, il est énorme son lit! fit la petite fille; peut-être ne trouvera-t-on pas un matelas assez grand... Si tu veux, nous irons prendre la mesure tantôt, Mlle Lemoine et moi.

— Oui, allez.

L'institutrice et l'élève se rendirent chez la vieille aveugle, dont la cabane, on le sait, était accessible à tout venant.

Mélie et Claudine ne s'y trouvaient pas.

Mlle Lemoine, qui s'était munie d'un de ces mètres en ruban que l'on roule et déroule dans une petite boîte taillée dans du buis, se mit en mesure de métrer la largeur et la longueur du lit, tandis qu'Isaure, placée devant le portrait du mari de la grand'mère, l'examinait tout à son aise.

Ses regards, à un certain moment, glissèrent un peu plus loin vers le mur de glaise et s'arrêtèrent tout à coup sur la poutre qui traversait pour le soutenir.

Un griffonnage à la craie se voyait sur cette poutrelle.

Isaure s'approcha pour essayer de lire.

Une main inhabile avait tracé ceci dans une ortho-graphe très primitive :

Ces t'ici la méson de Emélie Roncherolles veuve Sin-ville avecque sé deu petite fille Jeannette et Claudine Fugères.

— Tiens !... c'est drôle !... Roncherolles !... comme papa ! fit Isaure dans une exclamation de surprise.

— Que dites-vous ? demanda l'institutrice, croyant que la fillette lui parlait.

— Grand'mère s'appelle comme mon père, recommença l'enfant.

— Comment savez-vous cela, mignonne ? demanda Mlle Lemoine en cessant de mesurer et regardant son élève.

— Regardez, mademoiselle, c'est écrit ici.

Et elle désigna la poutrelle.

L'institutrice lut.

— C'est vrai, fit-elle, c'est son nom de jeune fille, et son mari s'appelait Sinville.

Sans attacher plus d'importance à ce rapprochement de noms, Mlle Lemoine se remit à son mesurage.

— Tout de même, c'est bien drôle! murmura de nouveau Isaure.

Puis, après un moment de réflexion :

— Papa sera bien étonné, dit-elle à Mlle Lemoine.

— Pourquoi? Cela arrive bien souvent. Ainsi, mon nom est porté par bien des personnes.

— Ce n'est pas la même chose... Mademoiselle... Lemoine est un nom plus commun... Ah! pardon... ajouta la fillette, s'arrêtant, voyant que ses paroles n'étaient pas tout à fait convenables, pardon... je veux dire que Roncherolles est plus... enfin, je ne sais pas m'expliquer... mais je comprends que Roncherolles doit se rencontrer moins souvent que Lemoine....

— Vous avez raison, ma mignonne.

Et, se redressant, Mlle Lemoine roula son mètre en disant :

— Là ! voilà qui est fait !

VI

En revoyant son père et sa mère, les premières paroles qu'Isaure leur adressa, furent celles-ci :

— Père, tu ne devinerais jamais comment se nomme la vieille Mélie.... Elle se nomme Emélie Roncherolles, veuve Sinville.

— Qu'est-ce que tu dis? fit M. Roncherolles pris d'une telle émotion qu'il laissa tomber de ses mains le journal qu'il tenait.

— Je dis, petit père.....

Mme Roncherolles, à qui, naturellement, son mari avait fait part de la disparition de sa sœur, interrompit Isaure et se montra tout aussi émue que lui.

Elle ne demanda pas à l'enfant de répéter ses paroles et s'écria :

— Mais cette pauvre femme serait donc ta sœur..... mon ami?...

— Il est impossible d'en douter !... fit M. Roncherolles, très pâle et tout tremblant. Sinville est bien le nom du mari d'Amélie !... J'y vais !...

— Oh! mon Dieu... cria Isaure, c'est pour ça que

j'aimais tant Claudine et Mélie!... ma tante... et ma
cousine!... J'y vais avec toi, petit père... car tu ne sais
pas où elles demeurent.

— Je vous accompagne! dit Mme Roncherolles.

— Mais elles ne sont pas chez elles à cette heure-ci!...
Elles mendient toute la journée et ne rentrent que vers
le soir...lorsqu'elles ont ramassé de quoi dîner! fit Isaure.

— C'est horrible!... Amélie mendie!... Et elle est
aveugle... s'écria M. Roncherolles affolé. Mais qu'on les
cherche!... Elles ne doivent pas quitter le hameau ou
les environs.

Il sonna Martin.

— Courez... cherchez partout la petite Claudine et sa
grand'mère!... allez!... et amenez-les ici... tout de suite!
s'écriait-il, avec un tremblement dans la voix.

— Justement, monsieur, répondit le domestique, je
venais vous prévenir qu'elles viennent de se présenter à la
porte et qu'elles demandent à parler à Mademoiselle
Isaure.

— A moi! fit la fillette; vite, j'y cours!...

Elle s'élança dehors et M. Roncherolles la suivit.

Quelques instants après, la vieille aveugle et sa petite-
fille entraient dans la pièce où était restée Mme Roncherolles en les attendant.

M. Roncherolles tenait la vieille par la main et Isaure
traînait pour ainsi dire la petite paysanne, tout ébahie
de la façon dont on l'accueillait.

Elle croyait qu'on allait la gronder ou la punir de l'indis-
crétion qu'elle commettait en venant ainsi au Castel, sans
y avoir été mandée.

L'enfant ne faisait que céder à un sentiment de reconnaissance.

En rentrant dans la cabane avec Mélie, poussée par

une sorte de pressentiment ou par une espèce de divi-
nation, après avoir entendu raconter en route les histoires
de fée qui couraient dans le hameau, elle avait trouvé, à
l'endroit où Isaure l'avait placé, le louis d'or que l'on
sait, et s'était écriée :

— Grand'mère, on a apporté ici une belle pièce d'or...
Ah! quel bonheur! quel bonheur!

— C'est la fée! avait interrompu Mélie.

— Oh! non, grand'mère, pas la fée!... C'est la demoiselle de là-haut!... C'est elle, vois-tu, qui est la fée... moi
j'en suis sûre!... Je le sens dans mon cœur!... Il faut que
nous allions la remercier!... Je t'assure, grand'mère,
que c'est elle.... Viens, grand'mère....

— Et si on nous met à la porte?

— Non, non, on ne nous y mettra pas... la demoiselle

ne le laisserait pas faire.... Viens, viens, grand'mère !...

Et la petite fille avait entraîné de force la pauvre aveugle qui fut obligée de la suivre.

En chemin tout le monde les accostait, le hameau était presque en révolution.

— Est-ce vrai, Mélie, que la fée est revenue et qu'elle vous a donné une grosse somme d'argent ? disait l'un.

— Eh ben, vous v'là riche, Mélie, vous ne devrez plus mendier, puisque la fée vous protège ! il paraît qu'elle vous a apporté tant d'or, qu'elle en a fait tomber à l'entrée de votre cabane, on l'a vu.

Claudine souriait. Elle avait l'air de penser que tous ces braves gens disaient des sottises ; elle semblait leur dire : racontez vos histoires, moi je sais mieux que vous qui est la fée.

— Mais non... mais non... faisait l'aveugle, on ne m'a pas faite riche... quelqu'un m'a donné l'aumône et Claudine croit que c'est la petite demoiselle ou la dame de là-haut !

Malgré cela, on n'en démordait pas : la fée Gentille revenue allait verser comme autrefois ses bienfaits chez tous les pauvres gens.

Et grand'mère et Claudine continuèrent difficilement leur chemin vers le Castel.

La grand'mère et la petite fille avaient donc été accueillies à la porte par Isaure et son père.

Isaure embrassa Claudine et la grand'mère.

— Bonjour, ma tante !... Bonjour, ma cousine ! s'écriait-elle.

M. Roncherolles était muet et une larme d'attendrissement coulait de ses yeux.

Claudine écoutait et regardait Isaure. En l'entendant et en la voyant toute joyeuse, elle crut à une plaisanterie de la part de la fillette : on lui avait dit que la demoiselle de là-haut avait un caractère gai.

M. Roncherolles fit asseoir l'aveugle devant lui dans un grand fauteuil, et lui tenant les mains en la regardant longuement dans les yeux :

— Vous êtes bien Amélie Roncherolles, veuve Sinville ? lui demanda-t-il presque en pleurant.

— Oui, monsieur, répondit la pauvresse ; comment savez-vous ça ?

— C'est moi qui ai vu ça écrit dans votre cabane !... c'est moi, ma tante ! s'écria Isaure.

— Amélie !... ma chère Amélie !... exclama à son tour M. Roncherolles, en prenant à deux mains la tête de l'aveugle et l'embrassant avec une grande effusion.

— Mon Dieu !... Mon Dieu !... Cette voix !... Cette voix !... si c'était.... murmura la mendiante qui se leva.

— Oui... oui... c'est moi, Jacques... ton frère ! Ah ! ma pauvre sœur, dans quel état je te retrouve !... s'écria encore l'ancien manufacturier.

— Jacques !... Jacques ! est-ce bien vrai ?... Ah !... permets-moi de t'embrasser !... Il y a si longtemps que nous sommes séparés !... Oui... c'est bien ta voix... je la reconnais maintenant.

Et la malheureuse Amélie sauta au cou de celui que, depuis tant d'années, elle croyait avoir perdu.

— Et moi aussi, je veux vous embrasser, ma tante, fit Isaure, et toi aussi, ma petite cousine Claudine, et Jeannette aussi quand elle viendra vous rejoindre; car vous n'allez pas retourner dans cette vilaine cabane... vous allez demeurer chez nous... n'est-ce pas, petit père ?... n'est-ce pas, maman ?

— Mais certainement !... Mais sans doute ! firent ensemble M. et Mme Roncherolles dans un élan ému.

— Ah ! que je suis donc contente !... que je suis donc contente ! clamait Isaure ; vous voyez, on me dit souvent que je suis trop curieuse,... eh bien, si je n'avais pas été curieuse, je n'aurais pas examiné le mur et je n'aurais pas vu ce qui y était écrit !

— Quel malheur que je ne puisse pas te voir, mon cher Jacques, et cette bonne petite demoiselle aussi et ta femme ! dit la veuve Sinville. Hélas ! je suis aveugle, aveugle pour toujours !... Mon bonheur ne sera jamais complet !

— Qui sait ? répondit M. Roncherolles, qui depuis quelques instants regardait de très près les yeux de la pauvre femme, qui sait ?... Il ne faut jamais désespérer de rien !... Mais voyons, tu dois avoir besoin de quelque nourriture et cette chère enfant aussi !...

— Non... je n'ai pas faim, mon cher Jacques, la joie ôte l'appétit... et puis, j'ai l'habitude de ne pas manger tous les jours... mon estomac doit s'arranger de tout... Mais peut-être que ma petite Claudine casserait bien une croûte....

— Oh ! j'oserai pas dans une si belle maison ! fit l'enfant toute honteuse.

— C'est donc beau chez toi, Jacques ? demanda l'aveugle.

— Oui, c'est beau, dit Isaure, puisque papa est très riche, et vous et les petites cousines allez jouir de tout cela comme moi.

— Bonne petite demoiselle !... Hélas ! ce n'est pas possible !... nous ferions mauvaise figure au milieu de belles choses ! répondit Mme Sinville. Mais, dis-moi, Jacques, dans ta richesse, tu n'as sans doute pas de nouvelles de Louis et de Joseph... à moins qu'ils ne soient riches aussi ?

— Joseph et Louis sont restés de pauvres ouvriers, comme tu les a connus, Amélie, et je les aide du mieux que

je le puis, car ils sont fiers; ils ne veulent rien de personne
et prétendent ne rien devoir qu'à leur travail.... Alors c'est
aux enfants que je donne et à leur insu. Ils habitent Paris
et je vais les voir chez eux, car, comme toi, tout à l'heure,
ils se figurent qu'ils seraient déplacés chez moi.... Isaure
et sa mère vont chez eux.... Ma fille aime bien ses cousins
et cousines.... En faisant ainsi, je satisfais leur orgueil,
tout en accomplissant mon devoir envers eux, en adou-
cissant leur sort et en assurant l'avenir de mes neveux et
de mes nièces.... Mais il ne peut en être de même de toi,
ma bonne sœur; toi, tu ne peux travailler et tu ne peux
même pas assurer la vie présente à tes deux pauvres orphe-
lines....; Il ne doit pas exister chez toi une sotte fierté... Je
te retrouve, après vingt-cinq ans d'absence, aveugle et misérable, tu n'as pas le droit de refuser l'hospitalité que je te
dois, comme aussi à tes pauvres enfants errants.... Tu es
ici, près de moi, au milieu de ta famille, tu y resteras....
Ta chère petite Claudine va prendre un repas sommaire,
en attendant le déjeuner, puis elle ira chercher Jeannette
avec Martin.

— Et avec moi !... s'écria Isaure; tu veux bien, dis,
petite mère ?... J'aurai grand plaisir à annoncer ça à
Jeannette que je ne connais pas....

— Si tu le désires, j'y consens, ma chérie... et si ton
père le permet.

— Pourquoi pas ? fit M. Roncherolles.

— Mais nous ne pouvons nous installer comme ça tout
de go, répliqua la pauvresse.... Et le portrait de mon
pauvre Sinville, donc !... Est-ce que je peux l'abandonner ?... Est-ce que je ne dois pas au moins le sentir près
de moi, si je ne peux pas le voir ?... Et mon lit... mon
vieux lit tout en loques... mais où il a couché avant de
partir à la guerre ! fit Amélie en pleurant.

— Eh bien, nous amènerons tout ça ici, ma bonne sœur, et tout de suite, dès que Jeannette sera arrivée, fit M. Roncherolles.

— Mais nous serons une gêne pour ta femme, mon cher Jacques,... à elle nous ne lui sommes rien,... ça l'ennuiera et ça la fatiguera de voir devant elle une vieille, marchant à tâtons, et des pauvres petites paysannes qui savent à peine écrire leurs noms, reprit l'aveugle.

— Vous avez tort, Amélie, de dire que vous ne m'êtes rien... dit Mme Roncherolles, d'un ton très affectueux ; vous êtes la sœur de mon mari et Claudine et Jeannette sont vos petits-enfants... peut-on être plus proches parentes ?... Autant que mon mari, j'insiste pour que vous acceptiez une place parmi nous.... Allons, laissez-vous faire... c'est entendu !

Elle sonna Martin qui se présenta aussitôt :

— Martin, dit-elle au domestique, M. Roncherolles, votre maître, à un ordre à vous donner. Mais, d'abord, servez un bon consommé à Mlle Claudine.

Martin obéit. Il alla chercher le consommé qu'il plaça sur la table devant laquelle Isaure avait assis la petite paysanne qui mangea et but sans se faire prier.

— Martin, fit alors le père d'Isaure, Mme Sinville que voici est ma sœur.

Et il désignait l'aveugle.

Il ajouta :

— Et Mlle Claudine, que vous avez déjà vue ici, est ma petite-nièce. Elles vont désormais habiter avec moi; c'est vous dire que j'entends qu'elles soient, dès aujourd'hui, traitées comme moi-même.

— Bien, monsieur ! fit Martin un peu surpris de cet aveu de son maître.

M. Roncherolles continua :

— Vous allez vous rendre, avec Mlle Claudine et Mlle Isaure qui l'accompagne, à la ferme où se trouve une autre petite-nièce, Mlle Jeannette, et après que ces deux demoiselles auront expliqué à cette dernière de quoi il s'agit, vous reviendrez ici avec les trois jeunes filles.

— Mais, Mlle Isaure ne peut pas... essaya de dire l'aveugle.

— C'est Isaure tout court qu'il faut dire, ma tante, interrompit la fille du propriétaire du Castel.

— Enfin... Isaure... puisque vous le voulez.... Donc je disais que vous ne pouviez pas sortir comme ça dans le val avec une pauvre loqueteuse comme Claudine, fit Mme Sinville.

— Nous nous occuperons de cela dans l'après-midi, répliqua M. Roncherolles, le plus pressé est que Jeannette soit prévenu tout de suite et que le portrait de Sinville soit en possession d'Amélie.

— Je me charge de ceci ! dit Mme Roncherolles, j'irai le prendre avec Mlle Lemoine.

— Allez toujours avec ces demoiselles, Martin, fit le père d'Isaure ; va mettre une coiffure quelconque, ajouta-t-il à sa fille.

— Celle de la fée, murmura celle-ci avec gaieté.

— Que veux-tu dire ? demanda sa mère.

— Rien, maman, je me suis parlé à moi-même.

— Ah ! oui !... La fée Gentille ! fit malicieusement Claudine à l'oreille d'Isaure.

Celle-ci regarda avec étonnement la petite-fille de l'aveugle, comme si elle voulait la questionner. Elle semblait lui demander ceci :

— Tu sais donc que c'est moi, la fée Gentille ?

Mais elle se tut, d'abord pour ne pas perdre de temps; ensuite, pour se réserver une explication plus entière, une fois dehors.

Elle obéit à son père et revint bientôt prendre Claudine et Martin, coiffée du capuchon dont elle s'était servie pour aller chez le vieux Jean-Pierre et chez l'aveugle porter les deux pièces d'or.

Tous trois se mirent en route du côté de la ferme où travaillait Jeannette.

VII

Aussitôt sortie du Castel, Isaure prit la main de Claudine et marcha avec elle, se laissant diriger pour aller vers la ferme en question.

Martin marchait respectueusement derrière elles.

— J'suis bien sûre qu'c'est vous, ma cousine, qu'êtes la bonne fée Gentille ? dit spontanément Claudine à Isaure.

— Qu'est-ce que c'est que la fée Gentille, et pourquoi me dis-tu ça ? demanda Isaure.

— La fée Gentille, ç'est celle qui a porté un louis d'or au *vieux, vieux bonhomme*, reprit Claudine ; il l'a raconté dans tout le hameau... il l'a vue... elle était belle, belle, petite, comme une petite fille, et portait un grand capuchon de couleur brune comme le vôtre.... C'est sans doute la même fée Gentille qui a apporté aussi un autre louis d'or dans notre cabane... Eh bien, moi mamzelle... ah ! non !... ma cousine Isaure, moi j'ai idée que ce capuchon c'est celui que vous avez sur la tête... et que la fée Gentille c'est celle qui nous avait déjà secourues deux fois....

— Eh bien, oui, c'est moi, Claudine, mais il ne faut pas le dire à papa ni à maman, parce qu'ils ne savent pas que je l'ai fait, que je suis sortie toute seule, et je serais grondée....

— Ah ! que vous êtes bonne, ma chère cousine !... Vous êtes meilleure que doit être une fée, même celle du Castel qui, dit-on, a fait tant de bien !

— Des fées !... riposta avec un petit air d'importance Mlle Roncherolles, il ne faut pas croire qu'il y a des fées. Claudine, il n'y a jamais eu de fées, ni au Castel, ni ailleurs, mon institutrice me l'a assuré... on met ça dans les livres pour amuser les enfants... mais ce n'est pas vrai !...

— Alors, on met donc dans les livres des choses qui sont des mensonges ! fit Claudine ; eh ben, moi j'suis joliment contente de ne pas savoir lire... pour apprendre des menteries, c'n'est pas la peine....

— Ah ! oui... mais on ne ment pas toujours... il y a quelquefois des choses qui sont vraies tout de même, fit Isaure.

— Bon ; mais comme ça, il faut deviner c'qui est vrai ou c'qui n'est pas !... c'est pas facile !... Faut donc le savoir avant d'apprendre ; objecta avec une grande justesse la petite paysanne.... Enfin, vous assurez qu'il n'y a pas de fées.... Vot' institutrice vous l'a dit.

— Oui.

Martin entendait en souriant la conversation des deux fillettes.

— Pas bête, la petite paysanne, se disait-il, on ne pourra pas lui enseigner tout ce qu'on voudra !

— Tiens ! voilà Jeannette ! s'écria soudainement Claudine.

Une jeune fille portant le costume d'une servante de ferme venait vers le groupe.

Claudine courut à elle.

— Nous allions te chercher pour venir avec nous au Castel... tu ne sais pas... grand'mère a retrouvé son frère.... et devine qui c'est....; non, mais devine....; eh ben, c'est...; devine,... le propriétaire du Castel... et voilà sa fille... la fée Gentille... tu sais bien... qu'on nous a raconté qui faisait tant de bien dans le hameau... Eh ben... c'est elle... tu peux l'embrasser..., c'est notre cousine !...

Jeannette écoutait les paroles de sa sœur dites avec une telle volubilité qu'il lui était impossible de placer un mot.

Claudine s'arrêta.

Jeannette la regardait avec ébahissement, sans avoir rien compris et sans comprendre encore.

— Qu'est-ce que tu dis ? demanda-t-elle enfin en examinant Isaure et Martin qui riaient du babillage de Claudine.

— Je vais vous l'expliquer en route, Jeannette, dit Isaure ; venez vite, on nous attend.

— Qui est-ce qui nous attend ? demanda la petite servante.

— Votre mère.

— Où ça ?

— Au Castel... chez M. Roncherolles... chez moi....

— Qui c'est-y M. Roncherolles ? Je n'ai jamais entendu c'nom-là !

— M. Roncherolles est le propriétaire du Castel... c'est mon père... ajouta Isaure.

— Ah !...

— C'est notre oncle... le frère de grand'mère ! intervint Claudine.... Tu sais bien que grand'mère se nomme Roncherolles !...

— Oui... c'est vrai ! fit Jeannette tout abasourdie.

— Mais viens donc... viens donc !... reprit Claudine, entraînant sa sœur.

— Alors, grand'mère est là-haut ? questionna la petite servante, elle m'attend là-haut... pour quoi faire ?

— D'abord, pour y déjeuner avec vous, interrompit Isaure, et puis pour y demeurer.

— Demeurer au Castel !... Nous ?... Des pauvres gens !... Qu'est-ce que nous ferions là ?... continua à interroger Jeannette.

— Ce qu'y fait maman.... Rien.... répondit Isaure ; nous nous promènerons... à pied... en voiture... nous viendrons dans la vallée faire l'aumône aux pauvres... et puis vous apprendrez.... Mlle Lemoine, mon institutrice, vous donnera aussi des leçons.

— Apprendre !... Oh ! oui !... apprendre !... Cela me ferait un grand plaisir !... dit Jeannette avec entrain ; c'est si beau d'être savant !...

Elles étaient parvenues au pied de la colline, toujours devisant, et Martin toujours suivant.

Au détour d'une haie, une voix d'homme s'éleva derrière elles.

— Mademoiselle Isaure ! appelait-elle.

Du même mouvement, tous, y compris Martin, se retournèrent.

Le palefrenier et le cocher du Castel, portant de lourdes charges de pièces du vieux bois que les fillettes reconnurent pour provenir du lit de leur grand'mère, se trouvaient là, tandis qu'à une certaine distance, venaient Mme Roncherolles avec Mlle Lemoine, cette dernière chargée du portrait de Sinville muni de la croix d'honneur.

— Mademoiselle, Madame votre mère vous prie de l'attendre, dit le cocher à sa jeune maîtresse.

Le palefrenier et le cocher, portant de lourdes charges... (page 179).

Et il continua de marcher avec son compagnon, tandis que les trois fillettes et Martin rétrogradaient pour aller rejoindre Mme Roncherolles et Mlle Lemoine.

— Ah! tu reviens de la cabane? dit Isaure en voyant le portrait de Sinville.

— Oui. Et voici Jeannette? demanda la jeune femme, examinant la petite servante.

Celle-ci, tout interdite, regardait, silencieuse.

— Oui, madame, fit Claudine, déjà un peu plus enhardie, puisqu'elle avait vu et qu'elle connaissait mieux Mme Roncherolles.

— Tu sais bien qu'il faut dire: oui, ma tante, intervint Isaure, puisque maman est la femme à papa, qui est ton oncle, ou du moins ton grand-oncle!... N'est-ce pas, petite mère?

— Tu as raison, ma chérie.

— Alors, c'est donc vrai ce que vient de me dire Claudine? demanda Jeannette, très timidement.

— Je ne sais pas ce qu'elle a dit, mais si c'est cela, ma mignonne, c'est vrai, répondit Mme Roncherolles.

Elle embrassa Jeannette, puis pria Martin de prendre hâtivement les devants pour préparer et dresser le déjeuner et lui donna à porter le portrait dont elle débarrassa Mlle Lemoine, en recommandant avec insistance de faire bien attention que la croix d'honneur ne fût pas dérangée.

Martin pressa le pas. Le groupe des fillettes et des deux dames le suivit de très près.

Jeannette et Claudine, marchant comme dans un rêve, parlaient à peine, questionnant avec hésitation et révérence leur compagne Isaure.

Mais comme entre petites filles à peu près du même âge, malgré la différence de condition et d'habillement, la connaissance se fait vite, en arrivant au Castel elles étaient déjà de bonnes amies.

Mme Roncherolles entra avec elles dans la salle à manger où se trouvaient son mari et la vieille aveugle.

— C'est donc vraiment vrai que tu es ici, grand'mère ? fit Jeannette, en allant se jeter au cou de Mme Sinville ; c'est donc vrai ce qu'on vient de me dire que le riche monsieur du Castel est ton frère... et que nous allons rester ici... et que tu ne mendieras plus... et que tu seras heureuse ?...

— Oui... oui... c'est vrai, ma fille, vous allez être heureuses... votre oncle veut nous garder auprès de lui... il veut vous instruire... malheureusement, moi je ne jouirai qu'à demi de tant de joie... je ne peux pas voir son visage... qui porte sans doute la marque de sa bonté... car tous les bons cœurs doivent imprimer leurs vertus sur les traits des hommes qui les possèdent....

— Ah ! mon oncle, dit Jeannette, en se tournant vers M. Roncherolles, soyez béni pour tant de bienfaits... grand'mère sera heureuse, merci, merci, vous n'aurez pas à le regretter.... Claudine et moi, nous vous prouverons notre éternelle reconnaissance... notre vie vous appartient puisque c'est vous qui la sauvez.. et à vous aussi, merci, madame... ma tante, ajouta-t-elle, s'adressant à Mme Roncherolles.

— Et moi, mes enfants, fit M. Roncherolles en embrassant les deux petites filles de sa sœur, et ma femme, nous sommes charmés de voir en vous, quoique vous ne soyez que de pauvres fillettes des champs, les nobles et beaux sentiments que ne possèdent bien souvent pas les riches enfants des villes... Allons, à table maintenant, nous sommes très en retard par l'heureux événement qui nous réunit.

— Et le portrait de mon cher et bien-aimé mari? fit l'a-
veugle avec une sorte d'inquiétude.

— Je l'ai apporté, ma bonne Amélie, dit Mme Roncherolles, il est ici, tenez, touchez-le.

Mme Roncherolles fit un signe à Martin, qui prit le
portrait où il l'avait posé en le retirant des mains de
Mlle Lemoine et le remit à Mme Sinville.

Celle-ci palpa un instant l'objet avec les mains, toucha
la croix d'honneur puis, les larmes dans ses pauvres yeux
sans regards, s'écria :

— Oui... c'est bien lui !... c'est bien lui !... mon pauvre
ami !... Pourquoi n'est-il pas avec nous ?

Puis, elle déposa sur la toile, à l'endroit où se trouvait
la croix, deux longs et doux baisers.

— Allons, Amélie, allons ! Il s'agit de nous réjouir, fit
M. Roncherolles; Sinville est avec nous... tenez, à vos
côtés...

Il mit le portrait sur une chaise, fit placer Amélie à
table et mit cette chaise auprès d'elle.

— Prenons les places que nous occuperons désormais,
dit-il ensuite : ma sœur et ma femme en face de moi, au
milieu de la table, et Isaure, Jeannette et Claudine où
elles voudront.

Alors, on se disputa à qui prendrait les deux places à
droite et à gauche de M. Roncherolles et pour qu'il n'y
ait pas de jalouse, Isaure les fit tirer à la courte paille.

Ce fut à Isaure et à Jeannette qu'elles échurent.

Claudine fit bien une petite moue; mais préoccupée
qu'elle était des beaux verres, des belles assiettes, des
fourchettes et des cuillers si luisantes qui garnissaient la
table, elle en prit vite son parti, et tout le monde s'étant
assis, le repas commença.

Mme Roncherolles, aidée de Mlle Lemoine, fut d'une

gracieuseté et d'une complaisance sans exemple pour sa belle-sœur qui, ne voyant pas, devait avoir recours à sa voisine.

Les deux fillettes, quoique stimulées et mises à leur aise par Isaure et les maîtres du Castel, restèrent cependant timides et effarouchées pendant le repas, dont elles ne prirent qu'une mince part, n'étant pas habituées à des mets si succulents qu'elles ne pouvaient encore apprécier.

VIII

Dès ce jour, la grand'mère et ses petites-filles, dépouillées de leurs pauvres guenilles de paysannes, furent habillées de simples toilettes de ville par les soins de Mme Roncherolles qui leur fit faire à chacune un trousseau confortable en rapport, désormais, avec leur nouvelle situation.

Elles furent installées dans des chambres presque luxueuses qui les étonnèrent au premier abord, mais auxquelles elles s'habituèrent bien vite. Sur sa demande, dans la chambre de Mme Sinville, son vieux lit, mis en état, fut placé, et on laissa à la brave femme la satisfaction d'y coucher. Le portrait du soldat fut accroché en face du lit, assez à portée de sa main pour qu'elle puisse le toucher.

Jeannette et Claudine, grâce aux intelligentes leçons de Mlle Lemoine, faisaient chaque jour des progrès très sensibles. En un mois, elles lisaient tout à fait couramment, sans aucune hésitation.

De temps à autre, Mme Sinville exprimait à M. Roncherolles le désir de retrouver ses frères Louis et Joseph.

— Ah! que ne puis-je aller vers eux, dans ce grand Paris où tu m'as dit qu'ils habitent! s'écriait-elle.

— Eh bien ! ils viendront à toi, lui répondit un matin M. Roncherolles, ils dîneront avec nous, un jour, cet été.

— Ah ! Jacques, pourquoi pas tout de suite ? clama Mme Sinville.

— Parce que je veux que tu aies la satisfaction de les voir... de tes yeux... comme moi ! répondit le propriétaire du Castel.

— Les voir !... Mais tu sais bien que c'est impossible !

— Eh bien, moi je crois au contraire que c'est possible, si tu veux t'y prêter un peu !

— M'y prêter !... Dis vite, que faut-il faire ?

— Ecoute, Mélie, recommença M. Roncherolles, il y a huit jours, sans t'en prévenir, j'ai fait venir de Paris un grand oculiste qui, à ton insu, sans te parler et en tenant conversation avec moi, en ta présence, a examiné tes yeux. En me quittant, il m'a assuré qu'il pouvait te rendre la vue, si tu le voulais...

— Oh ! mon Dieu !... serait-ce vrai... mon pauvre frère... je pourrais revoir la lumière... mes enfants... toi et nos frères ! fit Amélie dans un cri de joie.

— Oui, ma bonne sœur... ce qui t'obscurcit les yeux, ce qui intercepte la lumière du soleil et du jour, c'est la cataracte !...

— Qu'est-ce que c'est qu'un oculiste et la cataracte ? demanda Amélie ; tu sais bien que je suis une ignorante, je ne connais rien.

— Un oculiste est un médecin spécial qui ne soigne que les yeux.

— Ah !...

— Et la cataracte est une peau très épaisse qui croît peu à peu sur l'œil, obscurcit graduellement la vue, jusqu'à ce que l'on finisse par ne plus y voir du tout. C'est cette peau que, pour guérir son malade, l'oculiste doit enlever.

— Alors, mon cher Jacques, s'il ne faut faire que ça, qu'on le fasse tout de suite ! s'écria Mme Sinville.

— Je suis heureux de te voir aussi résolue, ma bonne Amélie ; mais je dois te prévenir que l'opération est douloureuse, répliqua le père d'Isaure.

— Oh! qu'est-ce que ça me fait le mal, si je vois ! exclama de nouveau la bonne femme. Qu'est-ce que ça me fait... Vite, Jacques, que le médecin vienne vite, je suis toute prête.

— Pauvre Mélie, cela ne se pratique pas à la minute... il faut une préparation... objecta le frère de l'aveugle ; je ne demande pas mieux d'agir promptement ; mais l'oculiste a d'autres malades qu'il ne peut pas quitter comme il le veut... j'irai le voir demain... je causerai avec lui et je te rapporterai ce qui aura été convenu.

On pense combien, le lendemain, Amélie fut anxieuse, pendant toute la journée, d'apprendre le résultat de la démarche de M. Roncherolles auprès du docteur.

Dans le Castel tout le monde avait la même anxiété. Chacun se demandait si l'opération réussirait, si aucune complication ne surviendrait, si, enfin, la malade la supporterait sans accident.

Quand M. Roncherolles arriva de Paris, le soir, il raconta sa visite au docteur. La conclusion de cette visite fut ceci : l'homme de l'art viendrait,

avec son aide, au Castel, le lundi suivant, examinerait
minutieusement les yeux de sa malade, puis, si l'état des
choses le permettait, commencerait immédiatement l'opération.

Au jour indiqué, l'oculiste arriva dès le matin avec
son élève.

Il choisit lui-même la pièce dans laquelle la lumière
lui serait favorable et, ayant fait asseoir Mme Sinville,
pria M. Roncherolles de la maintenir, afin d'empêcher un
mouvement nerveux qui pourrait se produire par la douleur et serait dangereux.

Amélie absolument impassible subit l'opération sans
un cri, sans un froncement des muscles de la face pendant
plus de trois heures; et quand le médecin lui posa le bandage qu'elle allait garder trois jours, malgré l'affreuse
douleur qu'elle éprouvait en ce moment, elle le remercia
avec effusion tout en s'informant s'il croyait avoir réussi.

— Absolument, lui répondit le docteur, je vous affirme
que vous verrez aussi bien que moi.

Quelques jours plus tard, au jour voulu, l'oculiste
vint retirer les bandages du pansement.

Toute la famille se trouvait présente, le cœur et la
pensée tranquilles, confiante en la parole du célèbre docteur.

Néanmoins, quand Amélie, débarrassée des linges qui
recouvraient ses yeux, regarda ceux qui se trouvaient
devant elle et s'écria :

— Merci !... Je vois !... Je vois !... Un frisson d'émotion
contenue passa en eux et tous répétèrent : — Ah ! docteur !... docteur ! merci pour elle et pour nous.

M. Roncherolles, sa femme et les fillettes voulurent se
jeter au cou de l'opérée, mais l'oculiste s'interposa et
prescrivit le plus grand calme.

Quelques jours plus tard, l'oculiste revint... (page 186).

Il ordonna que Mme Sinville laissât poser aussitôt le bandage pour le garder encore pendant plusieurs jours, en ayant soin, matin et soir, de l'imbiber d'une eau médicinale que d'ailleurs, par prévoyance, il avait sur lui et qu'il confia à Mme Roncherolles avec la manière de s'en servir.

Le docteur retourna au Castel le jour où il crut que sa visite définitive était nécessaire et, cette fois, tout fut terminé ; Mme Sinville était complètement guérie : elle voyait comme tout le monde.

On pense quelle fut la joie générale.

Le dimanche suivant, Louis et Joseph, que M. Roncherolles alla chercher à Paris, vinrent au Castel et l'on peut se figurer ce que fut cette entrevue familiale.

Quant à Isaure, depuis le jour où l'on avait su que c'était elle qui portait les aumônes chez les pauvres aux portes ouvertes, que c'était elle qui était cause que le frère et la sœur s'étaient retrouvés, on ne l'appela plus que *la fée du hameau*.

Elle continua ses bienfaits pendant toute la belle saison, et quand M. et Mme Roncherolles, au moment de l'hiver rentrèrent à Paris, laissant Mme Sinville et ses petites-filles maîtresses du Castel, Jeannette et Claudine remplacèrent Isaure dans sa besogne charitable jusqu'à ce que l'été revenu ramenât de nouveau celle que les habitants de la vallée bénissaient.

TABLE DES MATIÈRES

Châteauroux. — Typ. et Stér, A. Majesté et L. Bouchardeau.